Christoph Wildt

Anleitung zum Mord

Kriminalroman

Herzlichen Dank an Corinna Waffender und Ilona Bubeck für ihre Kritik und ihre Unterstützung

Handlung und Personen sind frei erfunden. Jede Ähnlichkeit mit tatsächlichen Ereignissen oder Personen wäre rein zufällig.

Erste Auflage September 2009

Umschlag und grafische Realisierung von Sergio Vitale
unter Verwendung eines Fotos von Carsten Janiec (fotolia.de).
Gesamtherstellung: Finidr s.r.o.
ISBN 3-89656-168-8
Printed in the Czech Republic.

Bitte fordern Sie unser Gesamtverzeichnis an:
Querverlag GmbH, Akazienstraße 25, D-10823 Berlin
http://www.querverlag.de

Mehr über den Autor unter www.christoph-wildt.de

Für Tilman und Maria und Aron und Etta und Lara

1

Er schreckte aus dem Traum auf und fiel zurück in die Angst. Hellwach lag er mit weit geöffneten Augen in der Dunkelheit des Schlafzimmers, durch die seine Pupillen flackerten, so schnell und unruhig wie sein Atem, unter dem sich sein Brustkorb hob und senkte. Die Stille zerrissen vom dröhnenden Pochen seines Herzschlags.

Frei flottierende Angst, dachte er, wusste aber nicht, ob dieser Zustand, der unvorhersehbar und ohne Vorwarnung wie ein anschwellendes Meer in ihm aufstieg, schon krankhaft zu nennen war. Seine unregelmäßigen Gezeiten: die Fluten der Angst, die Zeiten der Leere. Immer öfter waren in den letzten Wochen und Monaten diese Zustände über ihn hereingebrochen, die ihn auch jetzt lähmten, hier, in seinem Bett, unter den weißen Laken, die er feucht auf seiner Haut spürte. Alles, was er tun konnte: auf das Ende warten. Warten und versuchen, sich zu konzentrieren und seinem Atem einen langsameren, gleichmäßigeren Rhythmus zu geben.

Ob es eine Minute war oder eine Viertelstunde, wusste er nicht, während er ausharrte in einer Zeit jenseits der Zeit. Als das Dröhnen seines Herzschlags nach und nach verebbte, hörte er durch die Stille den ruhigen Atem von Schlaf neben sich. Ruhig und trügerisch wie ein gefrorener See. Langsam tastete seine Hand durch die Laken zur Seite. An der zunehmenden Wärme spürte er die wachsende Nähe. Nur noch wenige Zentimeter, und er könnte die Haut fühlen, den Körper umarmen. Seine Hand zog sich wieder zurück bei dem Gedanken an zwei Ertrinkende, die sich Hilfe suchend aneinander klammerten. Warum sie sich nur gesehen hatten, damals vor sieben Jahren? Keiner von ihnen hatte etwas geahnt. Erst nach und nach hatten sich erste Schatten gezeigt, bis alles nur noch sehr fern schien: ihr Lachen in Sommernächten, draußen auf dem Balkon im Rauschen der Blätter der Linden, ihre Sonntagvormittage im Bett, das Licht der Sonne auf den Laken oder der Sand auf ihrer gebräunten Haut am Wannsee, ihre Tage im Glück und all ihre

Pläne für eine gemeinsame Zukunft, die immer seltener so wolkenlos schien wie der Horizont.

Matt suchte seine Hand über die Dielen nach der Uhr. War es bereits morgen oder noch Nacht? Nein, es war kurz nach sieben. Schlafen würde er nicht mehr können, auch wenn er sich müde fühlte. Müde von der vergangenen Woche im Verlag, von den Manuskripten und all den Gesprächen, die er als Cheflektor zu führen hatte. Und erst recht erschöpft nach der zurückliegenden Nacht, in der er erst spät und nur kurz Schlaf fand.

Die Katze am Fußende des Bettes streckte sich. Langsam kam sie auf ihn zu und blickte ihn fragend an. Unter seiner Hand spürte er ihr weiches Fell. Sie schnurrte. Mit einer Kopfbewegung zur Tür richtete er sich vorsichtig auf. Die Katze verstand und glitt in geschmeidigen Bewegungen aus dem Schlafzimmer. Mit unsicheren Schritten tastete er sich durch die Dunkelheit vor, Schritt für Schritt zur Tür, die er leise hinter sich schloss. Erst jetzt spürte er die Kälte der Wohnung in seinem Pyjama, der auf seiner Haut klebte. Vorbei an den hohen weißen Flügeltüren ging er weiter den Flur entlang in die Küche, wo ihn die Katze bereits erwartete.

„Na", flüsterte er, strich ihr kurz über die Stirn und machte sich Kaffee. Mechanisch füllte seine Hand frisches Wasser nach, löffelte Kaffeepulver in den Filter und drückte den Knopf. Dann bewegte sich sein Körper zur Ablage und stellte der Katze das Futter hin. Nachdem er sich im Bad einen frischen Pyjama und einen Bademantel angezogen hatte, streifte sein Blick dann doch das Spiegelbild. Langsam fuhr er sich durch sein volles, dunkles Haar. Noch immer sah er jünger aus als achtunddreißig, aber irgendetwas war ihm abhanden gekommen. Vielleicht das Strahlende, das Leuchten seiner Augen und seiner Gesten, die früher seine Worte begleitet hatten. Er kam sich vor wie eine leere Hülle, als er zurück in die Küche ging und sich Kaffee einschenkte, den er schmeckte und auch wieder nicht. Dann öffnete er die Flügeltüren und trat in das Arbeitszimmer.

Schwaches Sonnenlicht eines kühlen Septembermorgens schimmerte über das Parkett des Raums, in dem meterhohe Bücherregale knapp bis zum Stuck der Decke reichten: Musendarstellungen im Hochrelief, gehalten von Engeln. Auf dem Sekretär aus Nussbaumholz lagen das Päckchen Zigaretten und das Feuerzeug vom Abend zuvor. Beides steckte er ein, öffnete die Balkontüren und setzte sich auf den Stuhl. In der kühlen Luft lag der Geruch eines frühen Herbstes, der sich bereits in gelben Flecken über die Blätter der Linden zu ziehen begann. Noch waren ihm die Klarheit und Kühle angenehm, und auch der Wind, der ihn an Tage an der Ostseeküste erinnerte. Schon bald würde Berlin im Grau versinken, von der einen Nacht auf die andere. Sechs Monate Winter, manchmal auch sieben. Fröstelnd zog er den Bademantel enger und inhalierte den Rauch seiner Zigarette tiefer. Mit jedem Zug wurde er wacher, doch die zitternde Nervosität in seinem Inneren verschwand auch dann nicht, als er die Kippe in dem Aschenbecher ausdrückte.

Hinter der Tür wartete seine Katze und blickte zu ihm auf. „Später“, vertröstete er sie, „wir spielen später.“ Er war zu müde, zu taub für alles. Seine Gedanken schweiften erneut in die Leere. Erst als es ihn zu sehr fror, stand er schließlich auf und ging hinein. Unentschlossen blickte er auf den Stapel Tageszeitungen vergangener Woche, ließ sich in den Stuhl fallen und griff wahllos nach einer davon. Abwesend blätterte er sich durch die Seiten, überflog die Schlagzeilen und Nachrichten von politischen Gipfeltreffen und kulturellen Ereignissen, die sein Interesse nicht wecken konnten. Gerade wollte er die Zeitung zur Seite legen, als sein Blick dann doch haften blieb: *„Polnischer Autor wegen Mordes verurteilt.“*

Mit wachsender Aufmerksamkeit las er die wenigen Zeilen des knappen Artikels. Irritiert senkte er die Zeitung und las den Artikel dann langsamer ein zweites Mal. Nein, er hatte richtig gelesen und nichts übersehen: Der polnische Autor Krystian Bala war zu fünfundzwanzig Jahren Haft verurteilt worden, schuldig gesprochen des Mordes an einem polnischen Geschäftsmann, mit dem Krystian Balas geschiedene Frau ein Verhältnis gehabt haben soll. Der Mord hatte sich im Jahr 2000 ereignet. Die entscheidenden Hinweise, die jetzt, nach sieben Jahren zu einer ersten Verurteilung geführt hatten, soll die Polizei von einem anonymen Anrufer erhalten haben: In Krystian Balas Buch *Amok*, das 2003 und also drei Jahre nach dem Mord an dem polnischen Geschäftsmann erschienen war, beschreibe Krystian Bala genau die Art und Weise, in der auch der polnische Geschäftsmann ermordet worden war: Das Opfer wurde mit einer Schlinge um den Hals ins Wasser geworfen, die sich mit jeder verzweifelten Bewegung des gefesselten Opfers umso stärker zuzog. Auf diese Parallele hatten die Polizei und die Staatsanwaltschaft in dem Indizienprozess die Beweisführung aufgebaut. Inzwischen sei das Urteil jedoch vom Appellationsgericht aufgehoben. Bala bleibe jedoch weiterhin in Untersuchungshaft.

Der Artikel warf mehr Fragen auf, als er Antworten gab. Noch verstörter als zuvor legte er die Zeitung zur Seite und blickte ratlos aus dem Fenster: Wie nur konnte die Schilderung eines Mordes als Beweis dienen, wenn das Buch drei Jahre nach dem Mord erschienen war und also wesentliche Details und ganz besonders die Grausamkeit des Tathergangs der Presse entnommen worden sein konnten? Auch dass der Autor Krystian Bala das Mordopfer gekannt und um dessen Verhältnis zu seiner geschiedenen Frau gewusst haben soll, konnten bestenfalls Indizien sein – genau wie das psychologische Gutachten über Bala, das ihn als sadistisch und extrem eifersüchtig charakterisiert habe. Konnte die polnische Justiz nicht zwischen Fiktion und Realität unterscheiden?

Eine Frage, mit der auch die polnische Presse dieses Urteil quittiert hatte, wie er einem anderen Artikel entnahm, den er kurz darauf im Internet fand. Nach und nach recherchierte er Artikel für Artikel. Die meisten aus der deutschen Presse waren kaum voneinander zu unterscheiden und brachten nur wenig mehr Aufschluss, außer: dass es tatsächlich stichhaltige Beweise gegeben haben solle. Beweise beispielsweise dafür, dass Krystian Bala von dem Verhältnis seiner geschiedenen Frau zu dem Geschäftsmann gewusst hatte. Aber bei allen in der deutschen Presse angeführten vermeintlichen Beweisen handelte es sich letztlich um nichts weiter als Indizien, wie er dem einzigen, wirklich sorgfältig recherchierten Artikel entnehmen konnte, verfasst von einem amerikanischen Journalisten, David Grann für den *New Yorker*. Alles, was auf eine Täterschaft Balas verweisen konnte, waren zwei Tatsachen: Erstens wurde das Mobiltelefon des Mordopfers drei Wochen nach dem Mord über eine polnische Auktionsplattform im Internet versteigert. Der Anbieter hatte sich als ChrisB, dem englischen Namen für Krystian, eingeloggt. Nachgewiesen werden konnte nicht nur, dass es Krystian Bala war, der sich eingeloggt hatte, sondern auch, dass es tatsächlich das Mobiltelefon des Opfers war – die Seriennummer war die gleiche. Jedoch konnte nicht mehr ausgeschlossen werden, dass es sich dabei um Hehlerware handelte, wie Bala behauptete. Zweitens hatte sich Bala bereits drei Wochen vor dem Mord im Jahr 2000 und also drei Jahre vor Erscheinen seines Romans im Internet die knappe Zusammenfassung eines kriminalistischen Handbuchs angesehen, in dem es um Tötungsarten ging. Interessanterweise war in genau jenem Buch exakt die Fesselung beschrieben, mit der der Geschäftsmann vier Wochen später ermordet wurde. Aber dieses Buch hatte er sich nicht bestellt. Und damit gab es keinen Beweis, dass Bala es gelesen hatte.

Mechanisch griff seine Hand nach dem Päckchen Zigaretten. Mit leichtem Zittern nahm er sich eine und ging hinaus auf den Balkon. Nachdenklich betrachtete er den Rauch, den er über seine Lippen blies. *„Ich verurteile dich jetzt zum Tode des Ertrinkens“*, kamen ihm die Worte in den Sinn, mit denen in einer Erzählung Kafkas der Vater seinen Sohn richtete. Warum nur dachte er an sie? Drückte sich in ihnen die gleiche Grausamkeit aus, die der Schlinge und der Fesselung in Krystian Balas Roman innewohnte? Weshalb war diese Schlinge noch viel grausamer, als jemanden zu ertränken, in einen Sack zu stecken und ins Wasser zu werfen?

Er versuchte, sich den Mechanismus nochmals vor Augen zu führen. Die Hände und Füße waren im Rücken des Opfers aneinandergefesselt worden. Gleichzeitig waren sie mit einer Schlinge um den Hals des Opfers verbunden. Bei der kleinsten Bewegung des Körpers, der Arme und Beine würde sie sich zusammenziehen. Unwillkürlich würde man, so gefesselt ins Wasser gestoßen, sich panisch bewegen, um sich über der Oberfläche zu halten: ein Reflex, der die einzige Chance zum

Überleben war und gleichzeitig das sichere Todesurteil. Mit dieser Schlinge wurde also jemand nicht nur dazu verurteilt, sich selbst zu richten, sondern auch, sich auf eine Weise zu richten, in der man den Tod dadurch herbeiführte, indem man sich retten wollte. Dies war das Paradox, das der absoluten Grausamkeit dieser Schlinge zu Grunde lag.

Er nahm einen letzten Zug an seiner Zigarette und blickte auf in den Himmel. Trübe Wolken hatten inzwischen das stählerne Blau des frühen Morgens verschleiert. Der Balkon lag im Schatten. Sein Blick glitt über den schon lange verblühten Lavendel mit dem verblassten Violett der Blütenstengel, die aus den Blättern ragten, die als Einziges noch immer schimmerten. Silbergrün. An einem der nächsten Wochenenden würde er sie zurückschneiden müssen, dachte er, als seine Gedanken auch schon wieder abglitten. Krystian Bala, flüsterte er.

Bala war hoch intelligent, außerordentlich gebildet, hatte sein Philosophiestudium mit Bestnoten abgeschlossen, führte er sich vor Augen. Selbstverständlich kannte er Kafkas Erzählung *Das Urteil*. Vielleicht also hatte Bala schon im Jahr 2000 an seinem Roman *Amok* gearbeitet und dabei nach einer Tötungsweise recherchiert, die dem gleichen grausamen Paradox gehorchte. Vielleicht war es nur Zufall, dass drei Wochen nach dieser Recherche genau auf diese Weise der Mann ermordet wurde, den zu töten Krystian Bala vielleicht ein Motiv gehabt hätte: Eifersucht. War das wahrscheinlich? Aber was konnten Wahrscheinlichkeiten in einem solchen Fall schon bedeuten?

Er dachte nach, welche Erklärungsmöglichkeiten es noch geben konnte: Krystian Bala hatte jemandem von der Schlinge erzählt. Jemandem, der ihn abgrundtief hasste, der ihn für etwas bezahlen lassen wollte oder ein anderes Motiv hatte. Jemandem, der dann den Mord beging, für den man Krystian Bala verdächtigen würde. Und tatsächlich zählte Krystian Bala zu den Verdächtigen der ersten Stunde. Der Plan des Unbekannten schien aufzugehen. Dann aber wurde jeglicher Verdacht fallengelassen und das gesamte Ermittlungsverfahren eingestellt. Krystian Bala war frei – und veröffentlichte drei Jahre später dieses Buch. Dieses Buch, das ihn endgültig aus dem Kreis der

Verdächtigen hätte ausschließen können: Denn warum sollte sich Bala selbst mit seinem Buch belasten, nachdem die ganze Geschichte vergessen war? Warum sollte er darüber hinaus ein erneutes Ermittlungsverfahren riskieren, in dessen Verlauf man herausfand, dass Krystian Bala drei Wochen vor dem Mord im Internet ein Buch über Tötungsarten recherchiert hatte? Sein Buch war also sein Schachzug, mit dem der Unbekannte vielleicht nicht gerechnet hatte und der all seine Pläne zunichtezumachen drohte: Bala wegen Mordes schuldigsprechen zu lassen. Dieser Unbekannte schien eine Möglichkeit zu sein. Wer nur war dieser Krystian Bala, der sich immer wieder mit Dostojewskijs Raskolnikow verglich? War er vielleicht doch bereit gewesen, für ein intellektuelles Spiel das Leben eines Menschen zu opfern?

„Elias?“, drang es aus der Wohnung auf den Balkon. „Elias? Wo bist du?“

„Auf dem Balkon“, rief Elias Sanders zurück. „Ich konnte nicht schlafen“, fügte er leiser hinzu, stand auf, ging ins Arbeitszimmer und legte die Zeitungen weg. Krystian Bala beschäftigte ihn an diesem Morgen nicht weiter. Wenn er tatsächlich der Mörder gewesen sein sollte, so ekelte ihn seine Intelligenz, die auf Vernichtung zielte. Wenn er es nicht gewesen sein sollte, so langweilte ihn sein Habitus, ein Spiel zu spielen, das ihm die Aufmerksamkeit der Medien garantierte. Und vielleicht auch eine höhere Auflage. Woran er oder besser: etwas in ihm aber noch länger dachte, waren die Möglichkeiten eines Manuskripts.

Anderthalb Jahre später, in einer eiskalten Januarnacht, durch die Elias Sanders seinen Wagen zu dem Haus des Schriftstellers lenkte, dachte er an jenen Morgen zurück, an dem ihm jener Artikel aus Zufall in die Hände gefallen war. Ein Zufall, ohne den er vielleicht, aber nur vielleicht, nicht zum Mörder werden würde. Ein Zufall, der ihm das Wie gezeigt, aber vielleicht nicht über das Ob entschieden hatte. Noch könnte ich umkehren, dachte er und drückte das Gaspedal tiefer nach unten. Neben ihm auf dem Beifahrersitz lag die CD, auf die er die Datei seines Manuskripts gebrannt hatte.

2

Schwarz und kahl tauchten die Bäume auf im Licht der Scheinwerfer und verschwanden wieder in der Nacht. Nur dann und wann zeigte sich dunkles Schimmern eisigen Frosts, der sich über die Januarlandschaft gelegt hatte, mit ihren Feldern gefrorener Stoppel, die hart und spitz wie Stachel aus dem rissigen Boden ragten. *Seele minus 30°*, dachte Thomas Bergmann an den Titel seines nächsten Romans, während sich sein Blick aus dem Fenster in die Dunkelheit verlor, durch die seine Frau den eleganten, schwarzen Wagen lenkte. Er selbst hatte nicht mehr fahren können nach den drei Gläsern Whiskey, die er an diesem Abend in der Bar noch getrunken hatte. Nach dem zweiten hatte er endlich einen leichten Schwindel gespürt, der ihn auch den letzten Nachhall von Unruhe vergessen und sein selbstsicheres Lächeln wiedergewinnen ließ. Dabei war er weit davon entfernt gewesen, etwas wie Schrecken zu verspüren. Nur eine leichte Nervosität hatte sich für eine Sekunde in ihm bemerkbar gemacht, als vor ihm plötzlich das Gesicht und mit ihm ein Tag im letzten Sommer aufgetaucht war.

Die eigentliche Lesung war zu diesem Zeitpunkt bereits zu Ende gewesen, er saß auf dem Podium, lächelte und signierte Exemplar für Exemplar, bis er aufsah und in die Augen blickte, an die er so oft noch gedacht hatte in den letzten Monaten: so unbekümmert, als hätten sie sich zum ersten Mal gesehen. Er hatte das Buch entgegengenommen und unterschrieben. Das war alles. Kein Wort der Vertraulichkeit, keine Andeutung und auch keine Anspielung. Alles war gut gegangen.

Thomas Bergmann drückte sich mit verschränkten Armen tiefer in das Leder des Beifahrersitzes. Ein kleiner Zwischenfall ohne Bedeutung. In jeglicher Hinsicht. Ein Zwischenfall, der ihm nicht noch einmal passieren würde. Worüber er sich wirklich Gedanken machen musste, war sein nächstes Buch. Bernhard Jansen, seinem Lektor, schien das Manuskript jedenfalls zu gefallen: „Freut mich, Thomas“, hatte er ihm später in der Bar auf die Schultern geklopft, „freut mich wirklich sehr, dass es so gut anläuft … “ Auch die Lesung war ein Erfolg gewesen. Immerhin über zweihundert verkaufte Karten. Eine kleine Schlange vor dem Eingang des Rundfunksenders. Morgen würde er das nächste Kapitel in Angriff nehmen. In Gedanken überschlug er, wie viele Seiten er jeden Tag schreiben müsste, um den Zeitplan einzuhalten. Mit einem Räuspern unterbrach Sarah die Stille.

„Mhm“, hob sie an, während sie ihre blutrot geschminkten Lippen langsam zwischen den Zähnen hindurchgleiten ließ. Sie zögerte, brach ab und fragte dann doch. Er kannte diesen Tonfall. Diese scheinbare Unbekümmertheit.

„Wollen wir heute miteinander schlafen?“

„Warum nicht?“, antwortete er.

Sie wandte ihren Blick kurz von der Straße und schaute ihn an. Ein Funkeln in der Dunkelheit.

„Wir können es auch lassen“, erwiderte sie tonlos.

„So habe ich es nicht gemeint“, entschuldigte er sich müde und legte seine Hand auf ihren Oberschenkel, den er warm durch den dünnen Stoff ihres schwarzen Cocktailkleides spürte. Warum nur hatte er so geantwortet, wie er geantwortet hatte? Warum nur hatte er sich nicht zusammenreißen können? Er hasste diesen Tonfall, dieses Drängende, dieses Klebende ihrer Worte. Aber war es denn wirklich ihre Schuld? Er selbst wusste es besser und war deshalb auch so abweisend gewesen. Sanft begann er den Druck seiner Hand zu erhöhen, während sich ihre feingliedrigen Finger fester um das Lenkrad schlossen.

„Die Arbeit“, begann er zu erklären. „Der Zeitplan – hab doch bitte etwas Verständnis … nur noch zwei Monate.“

„Weil ich ja sonst so wenig Verständnis für deine Arbeit habe“, erwiderte sie.

„Ich weiß“, antwortete er und strich sich langsam übers Gesicht. Wenigstens jetzt würde er sich beherrschen müssen, den Zorn in sich hinunterschlucken müssen, der ihm kalt den Rücken hinabflammte. Oder aber sie würden sich endgültig streiten, bis er sich irgendwann ins Zimmer einschloss und sie so lange an die Tür hämmerte, bis er aufmachte. An Schlaf wäre dann nicht mehr zu denken. Und morgen brauchte er einen klaren Kopf.

„Ich liebe dich … das weißt du doch“, flüsterte er ihr beruhigend zu.

Sie schwieg.

„Ich dich auch“, antwortete sie schließlich mit starrem Blick auf die Straße.

Dann legte sich wieder Schweigen zwischen sie. Wortlos schaute er hinaus in die eisige Januarnacht. Sein abwesender Blick glitt über die schwarzen Schatten der Bäume und Felder und den grauen Asphalt der leeren Landstraße, die vorbeiführte an den Waldstücken und Seen, bis endlich der kleine Ort vor ihnen auftauchte. Nach hundert Metern bog Sarah von der Hauptstraße in die schmale Nebenstraße, die zu ihrem Haus führte. Vor dem gusseisernen Tor bremste sie ab.

„Ich öffne schon“, unterbrach er die Stille zwischen ihnen, griff nach seinem Winterkurzmantel und stieg aus in die Kälte, in der sein Atem gefror. Langsam ließ sie den Wagen in den gepflasterten Hof rollen. Als sie ausgestiegen war und ihren Mantel übergezogen hatte, nahm er sie in die Arme.

„Ich will dich … ich will dich sofort“, sagte er leise und drückte sie fester an sich.

Auf seinem Hals spürte er ihre weichen Lippen.

„Dein schönes, langes Haar küssen“, flüsterte er ihr zu. „Deine Brüste …“

„Was war das?“, zuckte sie plötzlich erschrocken zusammen.

„Was war was?“

„Dieses Knacken.“

„Da war nichts …“

„Doch“, beharrte sie, „da war was … ganz deutlich …“

„Vielleicht ein Reh oder ein Marder. Lass uns ins Haus gehen“, sagte er und nahm sie bei der Hand. Unter ihren Schritten knirschte noch der Sand, den er beim letzten Schneefall gestreut hatte. In der Dunkelheit lag das rote Klinkerhaus vor ihnen, das sie vor einem halben Jahr gekauft hatten: abgeschieden und mit einem großen Garten, der an die Felder grenzte, auf denen im Sommer goldgelber Weizen stand. Nah genug bei Berlin. Und weit genug, um Ruhe für die Arbeit zu finden. Nur im Winter war die Einsamkeit düster. Wären nicht die zwei Häuser in unmittelbarer Nachbarschaft gewesen, hätte er Sarah wahrscheinlich nicht dazu bewegen können, hier einzuziehen.

Thomas Bergmann griff in die Innentasche seines Kurzmantels und zog den Hausschlüssel hervor. Er öffnete die Tür und trat in einen kalten Luftzug, der ihm entgegenwehte.

„Hast du das Fenster offen gelassen?“, fragte er und schaltete das Licht an.

„Nein, warum?“, erwiderte Sarah und ging an ihm vorbei den Flur entlang in Richtung des Wohnzimmers, wo sie aus seinem Blick verschwand.

Ein erstickter Schrei drang durch die Stille.

Dann ihr drängendes Flüstern seines Namens. Das Geräusch, schoss es Thomas Bergmann durch den Kopf. Vorsichtig näherte er sich dem Türrahmen zum Wohnzimmer. Bei jedem Schritt knarzten die Dielen. Er zuckte zusammen, als Sarah plötzlich vor ihm stand. Den Zeigefinger vor ihren geschlossenen Lippen, deutete sie mit der anderen Hand zur Fensterfront, die sich vom Boden bis zur Decke zog. Zersplittertes Glas lag über den alten Steinfliesen. Die Balkontür war zerbrochen. Mit einem Nicken gab er ihr zu verstehen, dass er begriff. Langsam blickte er sich in dem Raum um. Alles lag da wie immer: die gegerbten Ledersofas, die Aquarelle und Bilder an der Wand, die Stereoanlage, das antike Buffet aus Kirschbaumholz, die Bauhaus-Sessel. Abgesehen von der Balkontür keine Spuren eines Einbruchs. Oder sie hatten den Täter gerade dabei erwischt, der sich vielleicht noch im Haus befand. So leise wie möglich setzte er Schritt vor Schritt.

Dann sah er ihn, in der Ecke neben der Bücherwand.

Erleichtert atmete er aus und hob den Lederball auf.

„Hier“, sagte er zu Sarah. „Da haben die Jungs mal wieder hinten auf dem Feld …“, fügte er kopfschüttelnd und mit einem Lächeln hinzu.

„In der Kälte?“, fragte sie.

„Warum nicht?“

„Ich habe dich schon hundert Mal gebeten, die alten Scheiben austauschen zu lassen.“

„Ja, ich weiß. Es ist alles meine Schuld. Meine Schuld, dass ich vor Arbeit keine Zeit hatte, mich um den Glaser zu kümmern ... “, sagte er scharf.

„Ich will endlich eine Alarmanlage, Thomas“, zischte sie.

„Ich kümmere mich darum. Gleich morgen“, fügte er noch gereizter hinzu, ging zum Sekretär und schenkte sich ein weiteres Glas Whiskey ein, das er in einem Zug leerte.

Sarah lag schon im Bett, als er die letzten Scherben zusammengefegt und mit mehreren Plastikplanen notdürftig das Loch in der Balkontür abgedeckt hatte. Zum dritten Mal in dieser Nacht ging er noch einmal durch die Räume des alten Hauses, um zu sehen, ob wirklich nichts abhanden gekommen war. Es fehlte nichts. Dann schloss er die Tür zum Wohnzimmer ab und stieg erschöpft die Treppe in den oberen Stock hinauf. Wieder ging er in sein Arbeitszimmer. Erst als er sich dort an seinen Schreibtisch setzte, fiel es ihm auf: Der Bleistift, den er jedes Mal nach der Arbeit genau waagerecht an die Rückseite des zusammengeklappten Laptops legte, schien etwas verschoben. Wieder war da dieser Gedanke. Er öffnete den Laptop und überprüfte die Dateien, von denen alle da waren. Mach dich nicht verrückt, sagte er vor sich hin. Wahrscheinlich eine unachtsame Bewegung. Eine kleine Erschütterung des Tisches. Mehr nicht. Dann ging er zu dem silbernen Aktenschrank und schloss ihn mit einem Schlüssel an seinem Bund auf. Erleichtert sah er seinen zweiten Laptop im untersten Regal. In dieser Nacht schloss er das Arbeitszimmer auch von außen ab und legte den Schlüssel in den Kleiderschrank.

Ob alles in Ordnung sei?

„Ja. Mach dir keine Gedanken“, beruhigte er Sarah und zog sich langsam aus. Irgendwann fiel er in Schlaf.

Trotz der vergangenen Nacht und all der Telefonate mit Handwerksmeistern am nächsten Morgen kam er mit dem Schreiben besser voran, als er gedacht hatte. Bis zum Abend hatte er zwei neue Kapitel fertig, die er am nächsten Tag überarbeiten wollte. Müde klickte er auf das Druckmenü, stand auf und schaute aus dem Fenster. Dass die frisch eingesetzte Druckerpatrone bereits zur Hälfte geleert war, fiel ihm nicht auf.

3

Die Scheinwerfer erloschen, und der parkähnliche Streifen versank wieder in Finsternis. Durch die Windschutzscheibe starrte Elias Sanders auf die schwarzen Silhouetten der Büsche und Bäume, deren Äste und Zweige der harte Ostwind peitschte. Noch immer spürte er in seinen Händen und Beinen dieses Zittern, das ihn auf dem Rückweg nach Berlin mehrere Male anzuhalten gezwungen hatte. Wieder und wieder spielten sich die immer gleichen Szenen vor seinen Augen ab, hörte er das Zersplittern des Glases, als er mit aller Gewalt den Ball durch die Tür warf, fühlte er die Wärme der Türklinke in seiner Hand, vernahm er seine Schritte auf dem Parkett. Der fremde Geruch, den die Bauhaus-Möbel und die Wände atmeten. Das Pochen seines Herzschlags, während er durch das Haus schlich, auf der Suche nach dem Arbeitszimmer. Die Erleichterung, als er den Rechner fand, der durch kein Passwort geschützt war, dann die mitgebrachte CD einlegte und das gespeicherte Dokument öffnete. Die Ewigkeit, bis die knappen hundert Seiten ausgedruckt waren, die er in den letzten Monaten bei sich zu Hause geschrieben hatte.

Nein, alles war genau so gelaufen, wie er es sich vorgestellt hatte. Das Zittern und die Aufregung kamen erst, als er sich wieder zurück im Freien befand und losfuhr. Erst dann fragte er sich, ob ihn vielleicht nicht doch ein Nachbar gesehen hatte. Ob es nicht doch eine Alarmanlage gegeben oder ob er die CD im Computer nicht vergessen hatte. Wenigstens das konnte er ausschließen. Immer wieder öffnete er die Hülle auf dem Beifahrersitz. Daneben das ausgedruckte Manuskript. Die Ruhe war nur von kurzer Dauer. Was, wenn er übersehen hatte, das Laufwerk zu schließen? Bei dieser Vorstellung wäre er auf halber Strecke beinahe umgekehrt. Aber es war zu spät. Vielleicht waren sie schon zurück oder würden ihn im Haus überraschen. Das Risiko war zu hoch. Er musste sich vertrauen. Seinem Verstand. Seiner Erinnerung. Nichts, worauf er wirklich bauen konnte.

Langsam strich er sich mit den Händen übers Gesicht, atmete tief durch, steckte den Stapel Blätter und die CD in seine Ledertasche und öffnete die Wagentür. Durch eisigen Wind machte er sich auf den Weg zu seiner Wohnung. Fünf Minuten trennten ihn noch von der Wärme. Fünf Minuten, die zur Ewigkeit wurden, mit der Kälte, die ihm die Tränen in die Augen trieb, und dem Wind, der durch den Reißverschluss seiner pelzgefütterten Lederjacke drang und ihn schlottern ließ unter der kalten Feuchtigkeit seines verschwitzten Shirts.

Zitternd griff er in die Jackentasche und zündete sich mit verkrampften Fingern eine Zigarette an. Weder schmeckte er den Rauch noch spürte er das Nikotin. Schneller ging er jetzt die Straße hinab, vorbei an den Fassaden von Gründerzeithäusern im schwachen Licht der Gaslaternen. Als er in die nächste Seitenstraße einbog, traf ihn eine Böe mit aller Gewalt. Die Zigarette fiel ihm aus der Hand. Ein Funkenflug verglühender Asche die Straße entlang. Mit dem Blick zu Boden und beiden Händen in den Taschen setzte er seinen Weg fort, schaute erst wieder auf, als er das Haus erreicht hatte.

Mit starren Fingern manövrierte er den Schlüssel ins Schloss, öffnete die schwere Tür und verschwand im Inneren des Hausflurs. Erschöpft stieg er langsam Stufe für Stufe die fünf Etagen hoch. Als er das letzte Zwischengeschoss erreicht hatte, hörte er bereits seine Katze miauen. „Ich bin da", beruhigte er sie durch die Tür hindurch, während er die beiden Schlösser öffnete. Dann war er endlich in seiner Wohnung, zu Hause, bei sich, bei seiner Katze. Keine vier Zimmer mehr wie vor wenigen Monaten noch, sondern eine Ein-Zimmer-Wohnung im obersten Stock. Mühsam ging er mit vor Kälte steifen Gliedern in die Hocke und wartete, bis der Schmerz in seinen Fingern nachließ, durch die tausend Nadeln pulsierten. Die Ledertasche kippte dumpf zur Seite auf die Dielen.

„Na, mein Herz", flüsterte er der Katze zu, die auf seine Beine kletterte und an seiner Jacke zu schnuppern begann. Nach einer Weile setzte er sie vorsichtig auf den Boden, streifte seine Turnschuhe ab, zog die Jacke aus und legte den Schlüssel auf die kleine Kommode im Flur. Die gleiche Kommode, auf der er an einem Abend im vergangenen September den Brief gefunden hatte. Die Worte kannte er inzwischen auswendig.

Lieber Elias,

verzeih mir diese Zeilen: Denn ich fürchte den Mut zu verlieren, wenn ich Dir gegenübersitze, in Deine Augen blicke und Dir diesen Schritt zu erklären versuche, zu dem ich keine andere Wahl mehr habe. Ich weiß nicht, wie ich Dir für all das danken kann, was Du für mich in den letzten Jahren getan hast. Deine Geduld mit mir. Dein Verständnis. Deine Nachsicht. Ich liebe Dich und glaube, dass auch Du mich liebst. Nur fürchte ich, dass Liebe allein manchmal nicht reicht. Vielleicht hätten wir uns vieles nicht erzählen dürfen. Manchmal erinnern mich Worte an einen Strudel, in dem man schneller und schneller um sich kreist, dem Abgrund entgegen. Aber welche andere Möglichkeit hätte es denn gegeben? Zu schweigen? Wir hätten uns nicht verstanden, die Zustände nicht verstanden, in denen wir uns immer öfter vorgefunden haben. Ich wünschte für uns, wir hätten unsere Vergangenheiten hinter uns lassen können, die uns zersetzen, zerfressen, zerstören. Es ist uns nicht gelungen. Deshalb bin ich zu meiner Schwester gezogen. Lass uns bitte uns für eine lange Zeit nicht hören, sehen, sprechen. Ich bin mir nicht sicher, ob Du die Wohnung behalten oder aufgeben möchtest. Die für die Kündigungsfrist verbleibende Miete habe ich Dir überwiesen. Ich hoffe, wir können einander irgendwann wieder gegenübertreten und uns durch unser Vertrauen ineinander auf andere Weise im Leben begleiten.

In Hoffnung.
Für immer Dein Janosch.

Taub hatte er an jenem Abend im September die Zeilen gelesen, und die innere Erschöpfung, mit der er den Brief wieder zurück auf die Kommode gelegt hatte, gaben den Worten Recht. Die Wohnung würde er nicht behalten und so bald wie möglich ausziehen, wusste Elias Sanders. Langsam ging er durch die verlassenen Zimmer. Mit dem Auszug waren eine Leere und eine Stille eingetreten, in denen eine Zeit nachhallte, die er schon lange nicht mehr gefühlt hatte.

Überall Erinnerungen, die aufschimmerten in der Leere der fehlenden Gegenstände: Janoschs Stuhl, auf dem sie sich in einer ihrer ersten Nächte geliebt hatten. Janoschs Kleiderschrank, der jedes Mal beim Öffnen den Duft nach Lavendel verströmt hatte, genau wie seine frische Wäsche. Janoschs Kunst-Bildbände, für die er beim Einzug zwei Regale frei geräumt hatte.

Zum ersten Mal seit langem ging Elias Sanders an jenem Abend zu der Kommode im Studio, in der sie ihre Fotoalben aufbewahrten. Noch immer waren sie da. Wann hatte er sie das letzte Mal in den Händen gehalten und geöffnet? Elias konnte sich nicht daran erinnern. Er schlug das erste auf und betrachtete lange das kleine Schwarz-Weiß-Foto, das sie zusammen in einem Fotoautomaten gemacht hatten. Drei Tage hatten sie sich damals gekannt. Janosch lachte. Lachte sein silbernes Lachen unter der Baskenmütze, die er sich über sein braunes, schulterlanges Haar tief in die Stirn gedrückt hatte. Wie jung sie damals noch beide waren. So frei. So unbeschwert. Mitten im Winter. „Frühling im Winter", hatte er damals in Janoschs Ohr geflüstert. Und Janoschs Antwort: „Ich bin auch glücklich mit dir … so glücklich, dass es schmerzt."

Damals hatte er den tieferen Sinn dieser Worte noch nicht verstanden, den er erst Monate später ein erstes Mal ahnen sollte, als die Temperaturen stiegen und der Juni kam. Janoschs verstörter Blick. Janoschs Krankschreibung. Janoschs Therapie. Damals aber sah er noch Hoffnung, wo es keine Hoffnung mehr gab. Sie beide waren hoffnungslose Fälle, dachte Elias und schlug das Album zu. Dann verwahrte er den Brief im Sekretär und machte sich noch am gleichen Abend im Internet auf die Suche nach einer neuen Wohnung, die er schon nach drei Tagen gefunden hatte: Im fünften Stock eines Gründerzeithauses mit dem Blick frei über die Dächer Berlins lag das großzügige Zimmer mit Parkett, das Platz bot für sein Bett, den Schreibtisch und auch die meisten seiner Bücher. Den Esszimmertisch stellte er in die Küche. Außerdem gab es noch ein Bad und eine frühere Speisekammer, die er zum Kleiderschrank umfunktionierte. Mehr brauchte er nicht. Wollte er nicht. Nicht mehr.

Während all dieser Zeit funktionierte er, bewegte sich sein Körper, öffnete sich sein Mund zum Sprechen, kündigte seine Hand Verträge und unterschrieb neue. Nichts berührte ihn. Nicht der Geruch seines Körpers, der ihn manchmal an Janosch erinnerte, und auch nicht die Gefühlsstarre, in der er sich bewegte, die ihn weder überraschte noch ängstigte. Er nahm sie genauso hin wie sein Leben, in dem er nichts mehr sah, als eine unbekannte Anzahl von Tagen, die er zu stunden hatte. Nur eines war ihm angesichts der Taubheit zum ersten Mal in aller Klarheit bewusst geworden: dass in ihm schon vor langer Zeit etwas gestorben sein musste.

Auch der überraschende Tod seiner Mutter eine Woche später vermochte nicht, die Starre zu lösen. Im Gegenteil. Allem ergeben nahm er den Anruf entgegen, in dem man ihm mitteilte, dass sie wie jeden Abend schlafen gegangen, aber nicht mehr aufgewacht sei. Dann kümmerte er sich um das Begräbnis und sah zu, wie der hinabgelassene Sarg nach und nach unter der Erde verschwand, die jenen Menschen unter sich begrub, der sein letzter Halt gewesen war.

Er konnte sich nicht einmal wünschen, dass sich in ihm etwas löste und er endlich weinen könnte. Nur matter fühlte er sich von Tag zu Tag. Wenn er aufwachte, war er kraftlos und unendlich müde. Im Verlag quälte er sich durch die Stunden mit ausdrucksloser Stimme und leeren Augen. Abends konnte er nicht einschlafen. Seine zunehmende körperliche Erschöpfung erklärte er sich aus seinem psychischen Zustand.

Schließlich ging er doch zum Arzt. Nach einer ersten Untersuchung wurde er zu einer zweiten gebeten. Das war an einem kalten Oktobermorgen 2008. In den breiten Straßen lag noch die Dunkelheit der Nacht und in der frostigen Luft das von der Kälte scharf umrissene Krächzen einzelner Krähen. Mit gesenktem Kopf ging sein Schatten vorbei an den stillgelegten Fabrikgebäuden aus Ziegelsteinen, über die regenglänzenden Pflastersteine der Seitenstraße, dann weiter über die viel befahrene Verkehrsstraße hin zum S-Bahnhof. Erschöpft wartete er die fünf Minuten ab, bis die S-Bahn gekommen war, und setzte sich in dem mit Graffiti beschmierten Waggon auf eine der abgenutzten Sitzflächen. Manchmal sah er sein Gesicht im gegenüberliegenden Fenster gespiegelt. Es war, als blickte er in ein fremdes.

Als er sich dann zwanzig Minuten später in den Ledersessel des Sprechzimmers sinken ließ, wusste er, dass etwas nicht stimmte. Der Arzt war um eine gewisse Gelassenheit zu bemüht und brauchte unendlich lange, bis er schließlich den Sachverhalt umrissen hatte. Es ging ihm wohl wirklich nahe, näher als ihm selbst. Überrascht stellte er fest, dass Dr. Lange blaue Augen hatte. Es war das erste Mal, dass es ihm auffiel. Seltsam, dachte er, dass er genau in diesem Moment daran dachte. Wie klassisch das Profil seines Gesichts war. Wie kräftig seine Hände.

Dass es aber auch eine gute Nachricht gebe, hörte er die ferner und ferner werdende Stimme des Arztes. Dass die Behandlungsmöglichkeiten gut seien genauso wie die Aussichten auf eine vollständige Heilung. Nur dürfe er keine Zeit verlieren. Er überweise ihn deshalb einem Freund von ihm, einem Spezialisten für diese Art von Krebs.

„Bitte sagen Sie doch etwas, Herr Sanders ..."

Elias Sanders war blass geworden, und seine Augen glitten in Leere.

„Wissen Sie, Sie können mich jederzeit anrufen. Ich weiß, es ist schwer. Außerdem kenne ich eine ausgezeichnete Psychologin", sagte Lange und schob ihm langsam zwei Visitenkarten zu.

Ohne einen Blick darauf zu werfen, steckte Elias Sanders sie in die Tasche.

„Nein, es geht schon. Ich muss erst einmal alleine sein. Vielen Dank", antwortete er leise und stand auf.

Als er an jenem Vormittag dann auf seinem Balkon stand und sich eine Zigarette anzündete, passierte es ihm das erste Mal. Die Welt um ihn herum zersplitterte. In einem ganz wörtlichen Sinn. Einzelne Teile seines Gesichtsfelds lösten sich und setzen sich neu zusammen. Zuerst war es ein einzelnes Dreieck mit dem Grau des wolkenbehangenen Himmels oben und der verblichenen Fassade des Hauses gegenüber in der Spitze. Es löste sich heraus und verschob sich nach unten. Dann lösten sich weitere Bildausschnitte wie ein Puzzle, das sich wieder neu zusammensetzte. Teile des Himmels lagen neben den Fenstern und Teile der unteren Stockwerke lagen dort, wo der Himmel war. Währenddessen rauchte er ganz ruhig weiter, zog an seiner Zigarette und atmete den Rauch in das Puzzle vor ihm. Kein Moment lang war ihm schwindlig. All das passierte ihm bei klarem Bewusstsein und ohne die Spur eines Schwächeanfalls. Dann lag plötzlich wieder alles so vor seinen Augen, wie er es gewohnt war. Er nahm noch drei Züge und drückte den glühenden Stummel im Aschenbecher aus.

Später rief er im Verlag an und erklärte dem Verleger den Grund seiner Krankschreibung. „Bitte werden Sie gesund", hörte er noch, bevor er ohne ein weiteres Wort auflegte.

In dieser Nacht kam in ihm etwas zurück. Etwas regte sich. Es war ein Gefühl. Ganz leise und unmerklich spürte er Hass. In der folgenden Zeit wucherte es in ihm wie der Krebs in seinem Inneren. Immer öfter sah er Situationen seines Lebens vor sich, an die er seit Jahren und manchmal seit Jahrzehnten nicht mehr gedacht hatte. Szenen, von denen er gar nicht mehr gewusst hatte, dass er sich überhaupt noch ihrer erinnerte. Szenen, die etwas in ihm auslösten, Gefühle von Angst bis Scham. Nur das Gefühl von Glück und Freude blieb in seltsamer Taubheit weiter entrückt. Von Tag zu Tag wurde der Hass stärker, und mit ihm das Gefühl, um das Leben betrogen worden zu sein.

In jener Zeit kam ihm der Gedanke an das Manuskript zurück, und zum ersten Mal dachte er ernsthaft und in letzter Konsequenz an die Möglichkeiten, die damit verbunden waren. Mit der ersten Novembernacht stand sein Entschluss dann fest.

Viel Zeit hatte er nicht mehr. Sein erster Schritt führte ihn in eine kleine Buchhandlung in Berlin-Friedrichshain, in der man sein Gesicht nicht kannte und sich wahrscheinlich auch nicht daran erinnern würde, welche Bücher er gekauft hatte. Neben ein paar anderen Romanen, die er wahllos aus den Regalen griff, suchte er sich auch zwei jenes Namens heraus, der in den letzten fünf Jahren zu einem Namen geworden war: Bergmann. Thomas Bergmann. Geboren 1974 in Brandenburg. „Bevor Bergmann zu einem der erfolgreichsten Krimiautoren seiner Generation avancierte, hatte er als politischer Journalist für namhafte Tageszeitungen gearbeitet. *Winterglut* ist sein fünfter Kriminalroman. Er ist verheiratet und lebt heute mit seiner Frau ...", las Elias Sanders auf der Rückseite des Buchs. Bei den letzten Worten hatte sich für einen kurzen Moment ein spöttischer Zug um seine Lippen gelegt. Er bezahlte bar und verließ die Buchhandlung mit zwei von Bergmanns Romanen. Die fehlenden drei Titel Bergmanns hatte er bis zum späten Nachmittag in zwei anderen kleinen Buchhandlungen gefunden. Noch am gleichen Abend hatte er zu lesen angefangen. Immer wieder hatte er sich Notizen gemacht, Sätze und Wendungen markiert. Dann hatte die eigentliche Arbeit begonnen.

Elias Sanders blickte auf den Schreibtisch, auf dem die Hülle mit der CD und der Stapel ausgedruckter Blätter lagen. Wie viele Stunden hatte er an diesem Manuskript gesessen, bevor er es jetzt, in dieser Nacht, bei Bergmann hatte ausdrucken können? Er wusste es nicht. Tag für Tag über drei Monate hatte er geschrieben und gefeilt, verworfen, neu geschrieben und wieder verworfen. Er hätte beinahe schon aufgeben, als ihm der Gedanke kam, wie es vielleicht zu schaffen war. Es funktionierte. Ein Roman, der auch aus der Hand Bergmanns stammen könnte. Nur die Handlungsführung war anders als bei Bergmann. Sie war zumindest wahrscheinlicher. Allerdings war es ja auch kein klassischer Kriminalroman, dachte Elias Sanders und ging die wenigen Schritte zur Balkontür, durch deren spiegelndes Glas er in die klirrende Kälte blickte. Minus fünfzehn Grad. Minus zwanzig die gefühlte Temperatur, wie die Nachrichtensprecherin im Radio angesagt hatte. Und es war erst Ende Januar. Ganz gewiss sein letzter Januar, so gewiss, wie alles andere.

Er versuchte sich vorzustellen, wie es war, einen Menschen zu töten. Mitanzusehen, wie dieser Mensch zugrunde ging. Bald würde er es wissen. Er würde einfach danebenstehen und zuschauen, wie dieser Mensch das Urteil an sich selbst vollzog, das er über ihn gesprochen hatte. Zusehen, wie er im Wasser zappelte, verzweifelt nach Luft schnappte und mit jeder seiner Bewegungen umso fester die Schlinge um seinen Hals zog. Dieser Draht, der sich in die Haut und das Fleisch schnitt.

4

Sein Atem ging jetzt noch schneller, genauso schnell und stark wie das Pochen seiner Halsschlagadern, pulsierend unter dem Druck seines Bluts, das durch sein Herz und seinen Körper schoss. Nur das Rauschen seines Pulses hörte Thomas Bergmann noch. Trotzdem lief er immer noch so schnell wie möglich den Waldweg entlang, über den das Licht seiner Taschenlampe zitterte. Ein Zweig streifte sein Gesicht. Dann noch einer. Aber erst, als sein Blick zu verschwimmen begann und er beinahe über eine Wurzel gestolpert wäre, machte er Halt und rang erschöpft nach Luft.

Er konnte nicht mehr. Sein hechelnder Atem kondensierte in der Kühle dieser Märznacht. Er versuchte, seinen Atem und seinen Puls zu beruhigen. Nach und nach ebbte das Rauschen in seinen Ohren ab. Er horchte in die Stille des Waldes, die plötzlich zerrissen wurde vom Schrei eines Nachtvogels. Erschöpft lehnte er sich an einen Baumstamm und betrachtete den Dampf, der von seiner Kleidung aufstieg. In seinen Augen brannten die salzigen Tropfen, die seine Stirn hinabgeglitten waren.

Nach einer Weile schaltete er die Pulsuhr wieder an und konfigurierte sein Laufprogramm neu. Seit einer Dreiviertelstunde war er jetzt unterwegs, um den Kopf endlich frei zu bekommen. Frei von dem Druck der letzten Wochen, in denen er pausenlos gearbeitet, geschrieben hatte, bis das Manuskript schließlich doch noch wie vorgesehen im Verlag war. Frei von der Erwartungshaltung, dass auch dieses Buch ein Erfolg werden und sich entsprechend verkaufen müsse. Vor allem aber frei von diesem Gefühl der Beklemmung, die ihm immer stärker den Hals zuzuschnüren begann, wenn er an seine Zukunft mit Sarah dachte.

Es war für ihn ein Schock gewesen. Ob sie auch ein Glas Rotwein möchte, hatte er sie gefragt.

„Nein“, antwortete sie mit einem Lächeln. Ahnungslos ließ er sich auf die Couch fallen und schaute den Nachrichten zu.

„Willst du denn nicht wissen, warum ich keinen Rotwein trinke?" Wieder war da dieses Lächeln, und zum ersten Mal beschlich ihn eine Ahnung.

„Fühlst du dich krank?", erwiderte er.

„Ganz im Gegenteil", hatte sie ihm geantwortet. Dass sie heute beim Arzt gewesen sei. Dass sie ein Kind erwarte. Man sehe schon die kleinen Beine und den Kopf, erklärte sie mit einer Stimme, die Wort für Wort leiser wurde.

„Freust du dich denn nicht?"

„Wie konnte das passieren?", hatte er an jenem Abend vor drei Tagen mit steinerner Miene gefragt und fragte es sich noch. Wie nur hatte sie hinter seinem Rücken die Pille absetzen können? Je mehr der Schock in den letzten Tagen gewichen war, je stärker wuchsen seine Vorwürfe und seine Wut auf sie, die den letzten Rest dessen zersetzten, was sie noch miteinander verband. Das zumindest fürchtete oder auch hoffte er. Was stärker war, wusste er nicht. Nur dass dies ein Grund war, seine Koffer zu packen und zu gehen.

„Wie konnte sie nur!", heischte er wieder in die Stille der Nacht. Wie konnte sie nur diese Fessel um ihn legen. Diese Kette. Er strich sich übers Gesicht und begann, erneut loszulaufen. Vielleicht tat er ihr aber auch Unrecht. Sie hatte sich immer so sehr ein Kind gewünscht, sagte er sich. Sie war jetzt dreiunddreißig. Er zwei Jahre älter. Seine Eltern hatten ihn mit Ende zwanzig schon bekommen. Ganz zu schweigen von Oliver, der mit fünfundzwanzig Vater geworden war. Er wollte diese Verantwortung nicht. Diese lebenslange Verantwortung. Lebenslang, lebenslänglich.

Unwillkürlich beschleunigten sich wieder seine Schritte. Nicht darüber nachdenken, nicht jetzt, nicht beim Laufen, sagte er sich und versuchte, sich auf die Regelmäßigkeit seines Atems zu konzentrieren. In der Luft lag der Geruch von feuchter Erde und Moos. Noch immer war es kalt, und noch immer sah man keine Spur von Frühling. Er hörte auf den regelmäßigen Rhythmus seiner Schritte, das Reiben sandiger Erde bei jedem Abdruck und die dumpfe Erschütterung bei jedem Aufsetzen. Nach und nach fand er seinen Rhythmus, in dem er noch lange so weiterlaufen konnte. Aber schon im nächsten Augenblick spürte er einen stechenden Schmerz in seinem Bein. Sein Straucheln. Sein Fallen. Das Licht der weggerissenen Stirnlampe, in dem die Kronen der Kiefern hoch über ihm aufzuckten. In der gleichen Sekunde, wie es ihn über den Weg schleuderte.

Schmerzen spürte er auch dann noch nicht, als er sich heiser stöhnend zu rühren versuchte. Auch den Schatten nahm er nicht wahr, der sich aus dem dunklen Gehölz löste und sich langsam auf ihn zubewegte. Nur einen Schlag auf seinen Hinterkopf, mit dem sich plötzlich alles in Schwärze verlor.

Die Moderatorin der Spätnachrichten hob lächelnd den Blick, legte ein Blatt zur Seite und wartete kurz, bis der von ihr angekündigte Beitrag eingespielt wurde. Sarah Bergmann biss sich auf die Lippen und nahm sich vor, wenigstens diesen Beitrag aufmerksam zu verfolgen. Aber schon nach wenigen Sekunden verwandelten sich die Worte und Sätze in ein Hintergrundrauschen aus Silben, deren Bedeutung sie nicht mehr verstand. Sie schaltete den Fernseher aus und kurz darauf wieder ein. Die Stille im Haus war unerträglich.

Mit einer nervösen Wendung ihres Handgelenks blickte sie erneut auf die Armbanduhr. Eine Geste, die in der tausendfachen Wiederholung während der letzten drei Stunden etwas Manisches angenommen hatte. Kurz nach zwölf. Noch immer war Thomas vom Laufen nicht zurück. Normalerweise ging er nie länger als anderthalb Stunden joggen. Jetzt waren es mehr als drei. Sarah Bergmann zog fröstelnd das breite Tuch um ihre Schultern enger und atmete schwer ein.

Schon die ganzen letzten Tage hatte sie eine steigende Beklemmung gefühlt, eine wachsende Nervosität, die ihren Bewegungen etwas Fahriges verlieh und ihre Gedanken abschweifen ließ. Vor den Regalen des kleinen Lebensmittelladens wusste sie plötzlich nicht mehr, was sie hatte einkaufen wollen. Nach dem Kochen hatte sie schon mehrere Male die Platten nicht ausgeschaltet. Und wenn sie ein Buch zur Hand nahm, konnte sie sich nicht mehr konzentrieren. Überall spürte sie nur noch Kälte, fühlte sich wie ein gefangenes Tier, das möglichst unauffällig und lautlos durch das Haus zu schleichen hatte. Thomas' steinerne Blicke. Thomas, der jetzt schon über drei Stunden weg war. Drei Stunden, die ihre Hände zittern ließen. Stärker als je zuvor fühlte sie die Angst, stand ihr der Gedanke vor Augen, dass es jetzt also so weit war: dass Thomas sie verlassen hatte. Endgültig verlassen hatte, ohne ein Wort die Tür hinter sich zugezogen und sie und sein ungeborenes Kind zurückgelassen hatte.

Sie hatte genau gespürt, dass er das Kind nicht wollte. Dass er darin nichts anderes sah als ihren Versuch, ihn an sich zu binden.

Sarah Bergmann erhob sich vom Ledersofa und ging in den Flur. Auf dem kleinen Sekretär lagen Thomas' Brieftasche, seine Schlüssel und auch sein Mobiltelefon. Ein weiteres Mal öffnete sie die Brieftasche und prüfte, ob eine seiner Karten fehlte, ob sein Personalausweis noch da war. Wenn er sie verlassen wollte, dann hätte er Geld mitgenommen. Vor allem aber seinen Laptop mit seiner Arbeit. Sie zögerte einen Augenblick, bevor sie die Treppe hoch in sein Arbeitszimmer ging. Alles war wie immer. Wieder war sie aber nur für einen kurzen Moment beruhigt. Vielleicht traf er sich ja in diesem Moment mit irgendeiner Frau. Vielleicht mit dieser Studentin von der Lesung im Januar. Sie hatte ihre Blicke genau gesehen. Diese Bewunderung für den Schriftsteller, der auf dem Podium saß und las und signierte: mit seinen klaren Gesichtszügen unter den dunklen Haaren das Bild von einem Mann Mitte dreißig. Je besser er aussah, umso schlechter sah sie aus, dachte sie und stellte sich vor, wie Thomas in diesem Moment vielleicht dieser Studentin heiser ins Ohr atmete, seine Finger fiebernd über ihre faltenlose Haut gleiten ließ und aufstöhnend in sie eindrang.

„Ich werde verrückt", sagte sie zu sich und schlug sich die Hände vors Gesicht. Aber waren diese Gedanken tatsächlich so abwegig? Sie lief die Treppe hinab und blickte auf das Mobiltelefon. Sie verachtete sich dafür. Dann klappte sie es auf. Nummer für Nummer ging sie mit zitternden Händen die Anrufliste durch. Alle waren ihr bekannt. Keine Textnachrichten. Vielleicht aber auch hatte sich Thomas über E-Mail mit jemandem verabredet? Nur kannte sie das Passwort nicht. Mit müden und langsamen Schritten ging sie zurück ins Wohnzimmer, das vom

Flackern des Bildschirms erhellt war. Sie schaltete das Licht ein und ging hinaus auf die Terrasse. Schwarz und öde lagen die gepflügten Felder vor ihr. So wie ihre Zukunft. Warum nur waren sie nicht in Hamburg geblieben? Warum nur hatte sie alles aufgegeben für Thomas?

Tief atmete sie die kalte Luft ein und blickte auf die Felder. Vielleicht war ihm aber auch etwas zugestoßen? Er konnte gestolpert, konnte gestürzt sein. Oder irgendein Tier. War das nicht wahrscheinlich? Und während sie sich in Selbstmitleid zerfleischte und ihn zu Unrecht beschuldigte, lag er jetzt schon seit Stunden irgendwo hilflos in der Dunkelheit, in der Kälte, womöglich mit einem gebrochenen Bein, und hoffte auf Hilfe. Auf ihre Hilfe, die nicht kam. Alles war ihre Schuld. Sie würde ihn suchen gehen, jetzt gleich, und keine Zeit mehr verlieren. Was aber, wenn alles ganz harmlos war? Oliver, sagte sie langsam vor sich hin. Vielleicht war Thomas einfach nur bei seinem besten Freund Oliver und dessen Frau Marion. Es war kurz nach halb eins. Sie würde ihn anrufen, bevor sie sich auf die Suche machte in die Dunkelheit.

Nach mehreren Freizeichen meldete sich Oliver Behrens.

Ob Thomas noch bei ihnen sei?, unterbrach sie ihn.

Aber am schläfrigen Tonfall seiner Stimme ahnte sie bereits die Antwort.

Nein, Thomas sei nicht bei ihnen, antwortete er abwartend.

„Was ist denn überhaupt los, Sarah?“

Dass Thomas zum Laufen gegangen sei, dass er jetzt schon beinahe vier Stunden weg sei, dass sie sich Sorgen mache und ihn jetzt suchen werde.

„Warte“, fiel ihr Oliver ins Wort, der auf einen Schlag hellwach war. „Bitte warte auf mich. Wir gehen zusammen. Ich will nicht, dass du jetzt alleine in den Wald gehst. Ich bin in fünf Minuten bei dir.“

„In Ordnung“, antwortete sie, legte ohne ein weiteres Wort auf, zog die Jacke an, griff nach der Taschenlampe und wartete dann vor der Tür.

Wenigstens auf Oliver und Marion konnte sie sich verlassen. Sie hatte ihn schon immer gemocht, seit dem ersten Mal, als sie ihn gesehen hatte in Hamburg. Erst in der letzten Zeit, erst seit ihrem Umzug hierher fühlte sie sich selbst ihm und Marion gegenüber manchmal fremd. Irgendetwas begann sie zu stören, etwas, was sie selbst nicht in Worte fassen konnte. Vielleicht weil sie fürchtete, dass Thomas mit Oliver über sie gesprochen haben könnte. Dass Thomas lieber mit ihm seine Zeit verbrachte als mit ihr. „Ich werde verrückt“, sagte sie ein weiteres Mal zu sich und strich sich die Haare nach hinten.

„Es wird schon nichts passiert sein“, beruhigte Oliver Behrens sie, als er wenig später das Tor öffnete und sie in die Arme nahm. Für einen kurzen Moment etwas von Hoffnung, von Trost in seiner Umarmung. Dann machten sie sich auf in die Nacht. Das Licht ihrer Taschenlampen glitt über den rissigen Asphalt der schmalen Straße, die an den Feldern vorbeiführte in den Wald hinein, durch den Thomas' Laufstrecke führte. Mit den ersten Kiefern hörte die Straße auf und fing der erdige Waldweg an. Langsam arbeiteten sie sich nebeneinander Stück für Stück vor. Suchend schweiften die Lichtkegel ihrer Taschenlampen über die Stämme der Kiefern. Der Hall ihrer Rufe blieb ohne Antwort. Und mit jeder weiteren Antwort, die ausblieb, wurde Sarah Bergmann verzweifelter.

Nach zweieinhalb Stunden waren sie zurück und standen vor ihrem Haus.

Sie zitterte am ganzen Körper.

„Scht“, flüsterte Oliver Behrens und nahm sie in die Arme. „Soll ich nicht doch noch mit reinkommen?“

Sie schüttelte den Kopf, stockte und fragte dann mit brechender Stimme: „Hat Thomas eine Affäre? Weißt du was, Oliver?“

Aufmerksam beobachtete sie sein Gesicht, in dem aber nichts zu lesen war.

„Nein, Sarah … ich glaube, er hat keine Affäre. Zumindest weiß ich nichts davon. Es gibt sicherlich eine ganz harmlose Erklärung. Du wirst schon sehen. Bleib ruhig. In der letzten Zeit hatte er so viel Arbeit. Vielleicht braucht er einfach nur Zeit für sich …“

„Ja, vielleicht“, antwortete sie mit einer Stimme, die sehr fern klang. „Danke für alles.“ Nach ein paar Schritten drehte sie sich nochmals zu ihm um. „Ich weiß das wirklich sehr zu schätzen.“

„Keine Ursache. Wenn Thomas auftaucht, ruf mich sofort an“, bat Oliver Behrens und wartete, bis sie mit schnellen Schritten im Haus verschwand. Ohne die Jacke auszuziehen, eilte sie die Treppe nach oben ins Schlafzimmer. Aber erst als sie auf das leere und unbenutzte Bett blickte, verlor sie ihre an diesem Abend letzte Hoffnung. Sie ließ sich auf die Laken fallen, drückte ihren Kopf ins Kissen und atmete tief den Geruch ein, der ihr entgegenströmte. Nach Thomas' Haut. Seinen Haaren. Ihr Mund öffnete sich zu stummem Weinen.

Vier Stunden später hämmerte in ihrem Kopf eine schlaflose Nacht, zugebracht in quälenden Gedanken und hin und her geworfen zwischen Selbstvorwürfen und Verzweiflung. Die Anspannung glühte wie Fieber auf ihrer Haut, das auch nicht unter der Dusche schwand. Kurz nach sieben verließ sie das Haus und machte sich mit dem Auto auf den Weg zur Polizeistation in der Nachbarstadt.

Ihre Übelkeit verstärkte sich noch, als sie die heruntergekommenen Räume betrat und das Wachsmittel roch, das seit der Wende nicht mehr benutzt worden war und noch immer in der Luft hing. Ein Geruch, der sich in ihrer Kleidung festsetzen würde, als käme sie aus einer alten Gaststätte. Hinter der Holztheke saß ein schläfrig wirkender Streifenpolizist kurz vor dem Ruhestand. Erst nachdem sie sich geräuspert hatte, wandte er sein graues Gesicht von dem Computer ab und ihr zu.

„Ich möchte eine Vermisstenmeldung aufgeben“, sagte sie so selbstsicher und bestimmt wie möglich und beantwortete die Fragen nach den Personalien, die ihr der Polizist von seinem Drehstuhl aus stellte.

„Entschuldigen Sie“, unterbrach sie ihn dann scharf, „könnten Sie bitte hierher zu mir kommen?“

„Wenn Ihnen das hilft“, erwiderte der Polizist, nahm die Papiere und kam langsamen Schrittes zur Theke.

„Also Ihr Mann, Thomas Bergmann, Schriftsteller, wohnhaft in ...“, begann er die aufgenommenen Personalien müde zu wiederholen, bevor er sie schließlich nach den Umständen befragte: Wie lange ihr Mann denn sonst laufen gehe, ob es schon öfter vorgekommen sei, ob es irgendwelche Probleme gegeben habe in der letzten Zeit?

Bei der letzten Frage zuckten unwillkürlich ihre Lidwinkel. Sie zögerte. Der Polizist legte den Kopf schief und sah sie abwartend an. Sie ahnte, dass es nicht klug war, verschwieg dann aber doch nicht, dass Thomas sie verlassen haben könnte. Allerdings, gab sie zu bedenken, habe er nichts mitgenommen: weder seinen Personalausweis noch den Laptop mit seiner Arbeit noch Geld …

„Oh, das muss nichts heißen", fiel ihr der Polizeibeamte ins Wort. Augenblicklich bereute sie, was sie gesagt hatte.

„Wissen Sie", blickte der Beamte sie selbstgerecht an, „oftmals wird so etwas Monate vorher geplant. Kleine Beträge werden zur Seite geschafft."

„Und sein Verlag? Und sein Manuskript? Nächste Woche muss er alle Bogen druckfertig abzeichnen!", fuhr sie ihn an.

„Weiß man's? In den meisten Fällen kehren die Ehemänner aber nach ein, zwei Tagen zurück."

„Und was passiert so lange?"

„Das einzig Vernünftige: Wir warten. Nach drei Tagen können wir dann eine Suchaktion einleiten."

Als sie die Tür des Polizeigebäudes hinter sich zuschlug, lief der Zorn über ihre Ohnmacht in Tränen die Wangen hinab. Dann begann die erste Stunde von drei Tagen, in der sich jede Sekunde zu Stunden dehnte und jede Stunde zu einer Ewigkeit.

Am Morgen des dritten Tages blickte Sarah Bergmann mit dunklen Schatten unter ihren Augen auf in einen stahlblauen Himmel. Das Propellergeräusch des Hubschraubers wurde lauter und dann wieder leiser. Mit Schäferhunden durchforsteten zwei Staffeln den Wald. Manchmal schlug einer der Hunde an. Es war Freitagmorgen, der siebenundzwanzigste März.

5

In den Fenstern der S-Bahn blitzte die Sonne auf. Eva Clement blinzelte und betrachtete, wie der Zug auf der Arkadentrasse in dem Tunnel aus Glas und Metall verschwand. Der Platz lag noch im Schatten. Tau schimmerte auf den Stoffsegeln, die über die Tische und Stühle der Restaurants gespannt waren, die sich jetzt, mit den ersten frühlingshaften Temperaturen, wieder Tag für Tag füllen würden, bis spät in die Nacht.

Noch aber war es still an diesem Vormittag: Nur ein paar Kellner, die mit müden Bewegungen Aschenbecher auf den Tischen verteilten. Einige Geschäftsleute, die über den Platz gingen. Studenten, die Richtung S-Bahnhof schlenderten. Noch keine Musikanten, keine Touristen, keine Pantomimen, die ahnungslosen Passanten hinterhergingen und ihren Gang, ihre Bewegungen imitierten, während man an den Tischen lachend das Schauspiel verfolgte.

Zu solchen Zeiten spürte Eva Clement noch etwas von dem Reiz, den dieser Platz früher gehabt hatte. Der sich echt und wirklich angefühlt hatte. Ja, echt und wirklich, waren die richtigen Worte, dachte sie und blickte dem Zug nach, der in diesem Moment in der Gegenrichtung über die Arkaden ratterte, bis er hinter einer hohen Häuserzeile verschwand: unverputztes Ziegelwerk, besprüht von meterhohem Graffiti.

Eva Clement rührte ihren Kaffee um, nahm einen Schluck und wandte sich zum Schreibtisch. Neben dem Stoß Manuskripte, die sie sich diese Woche noch zu lesen vorgenommen hatte, lag unberührt der Stapel Post. Vielleicht acht, vielleicht neun Einreichungen, schätzte sie. Vor zehn Minuten hatte sie der neue Volontär in ihr Büro gebracht. Mit seinem bubenhaften Lächeln und seiner verschmitzten Art hatte er ihr aus braunen Augen zugezwinkert. Ein kleiner Lichtblick, auf den sie sich jeden Morgen freute. Ein Lichtblick, den sie brauchen konnte, dachte sie und überlegte, wie sie diesem Autor mit seiner unerträglichen Art nur den Titel erklären sollte, den die Marketingabteilung verabschiedet hatte. Er hasste diesen Titel. Was also sollte sie machen?

Wenigstens entschied in ihrem Verlag immer noch das Lektorat, welche Bücher verlegt werden und welche nicht.

Langsam überflog sie Umschlag für Umschlag und legte Einsendung für Einsendung ungeöffnet zur Seite. Die Handschrift auf dem vorletzten Umschlag erkannte sie sofort. „Elias", sagte sie leise. Wie lange hatte sie ihn schon nicht mehr gesehen, nichts mehr vor ihm gehört? Fast fünf Monate jetzt, in denen sie ihn von Tag zu Tag mehr vermisst hatte. Sie erinnerte sich noch genau, als sie ihn das erste Mal gesehen hatte: Er schien gerade aus dem Urlaub gekommen zu sein, eine angenehme Bräune lag auf seinem Gesicht. In einem weißen Hemd und mit zurückgeschlagenen Ärmeln hatte er sich entspannt in seinen schwarzen Ledersessel gelehnt, seinen Füllfederhalter und ihre Bewerbungsmappe zur Seite gelegt und ihr dann Fragen gestellt, die ihr so seltsam vorgekommen waren. So seltsam wie seine ganze Art, mit Manuskripten umzugehen.

Damals kam sie frisch von der Universität. Mit einem Elan und einem Ehrgeiz, mit denen sie sich selbst im Weg gestanden hatte. Sie musste furchtbar arrogant gewirkt haben. Unsicherheit ist ein schlechter Ratgeber, dachte sie und auch an das Glück, das sie mit Elias gehabt hatte. Elias, der ihre Arbeit kritisierte mit klaren Worten, die sie weiterbrachten. Es war eine ausgezeichnete Schule gewesen. Erst viel später, als sie bereits ein gewachsenes Vertrauen miteinander verband, hatte Elias einmal lächelnd zu ihr gesagt: „Weißt du, du hast mich sehr an mich erinnert. Daran, wie ich selbst am Anfang gewesen war." Hätte sie nicht von seinem Freund gewusst, sie hätte sich haltlos in ihn verliebt.

Zögernd nahm sie jetzt den Umschlag und betrachtete lange die schönen Züge von Elias' Hand. Dann öffnete sie ihn und entfaltete das Blatt.

Liebe Eva,

so sehr mich Deine beiden Karten gefreut haben, so unmöglich war es mir, auch nur eine Zeile zu schreiben, wofür ich mich entschuldigen möchte und um Dein Verständnis bitte. Sei versichert, dass ich oft an Dich denke und hoffe, dass es Dir in jeder Hinsicht gut geht – auch im

Verlag, in dem glücklicherweise die Wahl für meine Nachfolge auf Dich gefallen ist. Eine Wahl, wie sie besser nicht hätte sein können.

Bitte sieh mir nach, wenn ich mich auch in diesem Brief kurz halte: Vor wenigen Tagen hat mich ein Manuskript von Thomas Bergmann erreicht (bitte kläre doch noch einmal am Empfang, dass meine Anschrift unter keinen Umständen nach außen gegeben werden darf, ***egal****, um wen es sich handelt). Ziemlich überraschend für mich. Warum sich Bergmann an mich gewendet hat, kann ich nur vermuten – vielleicht hat er sich mit seinem Hausverlag überworfen. Vielleicht möchte er aber auch in Zukunft einen anderen Weg gehen – Du weißt ja, was ich von seinen bisherigen Erscheinungen halte. Umso erstaunter war ich, als ich das Manuskript gelesen hatte. Ich finde es durchaus interessant und möchte Dich bitten, sofern es Deine Zeit zulässt, es möglichst bald, vielleicht schon in den nächsten Tagen zu lesen. Das Anschreiben liegt anbei. Wie gesagt: Ich finde es durchaus interessant.*

So viel dazu. Ich hätte noch eine Bitte, eine Frage an Dich. Du weißt um meine kleine Katze, um deren Zukunft ich mir Gedanken mache. Du bist einer der beiden Menschen, zu denen sie von Anfang an Vertrauen hatte – schon bei Eurer ersten Begegnung hat sie sich von Dir streicheln lassen, was etwas heißen will. Ich glaube, Du magst sie genauso gerne wie sie Dich. Ich wäre mehr als glücklich, sie in Deinen Händen zu wissen, sollte ich nicht mehr für sie da sein können. Sie könnte nicht besser aufgehoben sein als bei Dir. Bitte lass mir eine Antwort zukommen. Eine Postkarte genügt. Alles andere, wenn es dann so weit ist.

Dein Elias

Ein Schmerz durchzuckte sie angesichts der Zeilen, die nach Abschied klangen. Unter anderen Umständen wäre sie stolz gewesen, hätte sie sich gefreut über das Vertrauen, das Elias in sie setzte. Dass er seitdem nichts von sich hatte hören lassen, nahm sie ihm nicht übel. Sie kannte ihn und wusste, dass dies nichts zu bedeuten hatte. Genauso wie sie wusste, dass er es war, dem sie ihre Position verdankte. Das Manuskript musste wirklich gut sein. Nicht nur, dass es Elias zu Ende gelesen hatte, sondern auch, dass er es als „durchaus interessant“ bezeichnete. Sie kannte diese Wendung, die sie so selten aus Elias’ Mund gehört hatte und nichts anderes bedeutete als fantastisch: etwas, das sie ganz zu Anfang nicht einmal im Entferntesten geahnt hatte. Damals hatte ihr Elias mit diesen Worten ein Manuskript auf den Tisch gelegt und gesagt: „… wenn du also willst, schau mal rein." Durchaus interessant, hatte sie damals fragend für sich wiederholt und es nichts ahnend zur Seite gelegt. Am nächsten Tag stand Elias wieder in der Tür.

„Und?", fragte er lächelnd und deutete auf das Manuskript. Verwirrt stammelte sie eine Entschuldigung: dass sie nicht gewusst habe, dass es so dringend gewesen sei. „Schade", sagte er nur. „Dann stelle ich es dem Verleger heute Nachmittag eben alleine vor. Im Übrigen es ist von …" Und dann nannte Elias den Namen des Autors, der nicht auf dem Titel stand. In diesem Moment glaubte sie, im Boden zu versinken. Ihr Gesicht musste glühend rot gewesen sein, erinnerte sich Eva an jenen Tag vor inzwischen über sieben Jahren. Eine seiner Lektionen, dachte sie melancholisch.

Noch viele andere Erinnerungen tauchten an diesem Tag vor ihrem Auge auf, unvermutet und unwillkürlich, mitten in einer Besprechung oder einem Telefonat, sah sie alles wieder lebhaft vor sich, so sehr sie sich auch auf ihre Arbeit zu konzentrieren versuchte. Mehrmals hob sie den Hörer ab und überlegte, Elias' Nummer zu wählen. Jedes Mal legte sie wieder auf, noch bevor sie das erste Klingelzeichen gehört hatte.

An diesem Tag verließ sie weitaus früher als sonst das Verlagshaus. Es war kurz vor fünf Uhr, als sie in die Straßenbahn Richtung Friedrichstraße stieg, um in ihrer Papeterie nach einer Karte für Elias zu suchen.

Von der Anspannung des Tages erschöpft machte sie sich auf den Weg nach Hause. Erst als sie zwanzig Minuten später in ihre von Kastanien gesäumte Straße einbog, fiel ihr auf, dass es der erste Frühlingsabend war. Langsam ging sie durch das blaue Schimmern, das sich nach wenigen Minuten auflösen würde in der herabsinkenden Dunkelheit. Die Luft war gefüllt vom Gesang der Vögel. Sie blieb stehen und blickte auf in die Baumkrone. An den Zweigen hatten sich große Knospen gebildet, aus denen sich die nächsten Tage Blätter entfalten würden. „Elias", sagte sie leise vor sich hin.

Noch lange saß sie an diesem Abend an ihrem Schreibtisch und dachte darüber nach, wie sie einen Anfang finden könnte. Schließlich begann sie zu schreiben.

Lieber Elias,

wie sehr ich mich gefreut habe, von Dir zu hören, kann ich Dir nicht sagen. Bitte entschuldige Dich auch nicht, mir nicht früher geschrieben zu haben. Melde Dich, wann immer Du willst und sei es nach noch so langer Zeit – ich bin jederzeit für Dich da, wann immer Du mich brauchst.

Ich danke Dir sehr für das Manuskript, das ich noch heute lesen werde. Vor allem aber möchte ich mich für Dein Vertrauen bedanken, auf Deine Katze aufpassen zu dürfen. Ich weiß, wie viel sie Dir bedeutet. Sie erinnert mich sehr an Dich …

So gern ich auch mit ihr mein Leben teilte, so sehr hoffe ich, dass dies nicht der Fall sein wird: Ihr zwei gehört zusammen. Bitte werde gesund.

Deine Eva

Noch in der Nacht las Eva Clement das Manuskript und musste Elias Recht geben.

6

Es war ein Bild der Verwüstung. Überall im Haus waren hektisch die Türen der Schränke und Kommoden geöffnet worden, die Schubladen herausgezogen und ihr Inhalt durchwühlt. Im Schlafzimmer sah man nichts mehr als eine dahingeworfene Schicht von Kleidungsstücken, die das Bett und die Dielen unter sich begruben. Eine Unzahl Blätter Papier streute sich aus dem Arbeitszimmer bis auf den Flur. Auch im Wohnzimmer sah es nicht anders aus. Herausgerissen aus den Regalen lagen die Bücher über den Boden verstreut. Manche davon zugeschlagen, andere mit geknickten Seiten weit geöffnet, hingeschmissen zur Seite, nachdem sie in höchster Eile durchblättert worden waren. Das Licht der umgefallenen Stehlampe schimmerte nach draußen über die Steinfliesen der Terrasse.

Noch immer hob und senkte sich Sarah Bergmanns Brust im schnellen Rhythmus ihres Atems. In den vergangenen acht Tagen seit Thomas' Verschwinden hatte sie schon mehrere Male das ganze Haus durchsucht, ohne irgendeinen Hinweis auf was auch immer zu finden. Weder in den Taschen seiner Sakkos noch in seinem Kalender noch auf seinem Laptop. Bisher war sie immer möglichst ruhig und systematisch vorgegangen. Aber an diesem Abend hatte sie die Kontrolle verloren. Sie war außer sich gewesen. Irgendwo müsste sich doch etwas finden lassen. Aber auch dieses Mal fand sich nichts. Genauso wenig wie man in seinem Verlag irgendetwas wusste. Sie hörte noch immer das Entsetzen von Bernhard Jansen, dessen größte Sorge das neue Buch zu sein schien: „Ruf mich an, sobald du was weißt. Er muss die Druckbogen abzeichnen!"

Nur noch zwei Möglichkeiten kamen für sie in Betracht, und keine von beiden war leichter zu ertragen. Entweder sie hatte ihn tatsächlich endgültig vertrieben mit ihrer seit Monaten schwelenden Angst, er könnte sie verlassen, könnte sie nicht mehr attraktiv finden, könnte sich für eine Andere, Jüngere, Schönere entscheiden, mit der alles noch so federleicht war. So unbeschwert und frei von der Angst, die ihr immer öfter den Hals zuschnürte wie eine Fessel, die sie manchmal am liebsten zerrissen hätte, damit alles endlich zu einem Ende käme. Aber statt zu gehen, hatte sie gehofft und gehofft und schließlich die Pille abgesetzt. Vielleicht lief aber beides aufs Gleiche hinaus: Ihr Wunsch, durch ein gemeinsames Kind wieder zueinander zu finden, war vielleicht nichts weiter als der Wunsch, von ihm verlassen zu werden. Möglich war es also tatsächlich, dass er einfach gegangen war und den Sprung in ein neues Leben gewagt hatte, in dem er noch einmal ganz von vorn anfangen wollte, ohne sie und ohne die Schriftstellerei.

Oder aber es war ihm etwas zugestoßen. Das war die andere Möglichkeit: dass man ihn im besten Fall entführt hatte und doch noch Lösegeld fordern würde. Dass man im schlimmsten Fall in den nächsten Tagen seine Leiche finden würde. Wieder würgte es sie im Hals, begann sich ihr Körper zu schütteln. Sie schlang die Arme fester um sich, während sie sich nach vorn krümmte. Noch einmal die Kontoauszüge durchgehen, fiel ihr ein. Vielleicht hatte sie etwas übersehen. Sie richtete sich auf und ging zurück in die Wohnung, als die Türklingel durch den Flur hallte und ihre Bewegungen stocken ließ. Erneut wurde die Stille zerrissen von der Klingel, auf die man jetzt ununterbrochen drückte, während es gleichzeitig an die Tür hämmerte. Langsam wurde sie sich bewusst, dass es die Stimme Marion Behrens' war. Mechanisch bewegte sich ihr Körper Schritt für Schritt zur Tür, die sie langsam öffnete. Sie sah in Marions blasses Gesicht, in dem sich Verzweiflung spiegelte.

„Oliver", stammelte sie immer wieder. „Weg."

Sarah Bergmann verstand noch immer nicht.

„Oliver ist weg", wiederholte Marion Behrens ein weiteres Mal und verfiel in ein Stakkato von Worten, das Sarah Bergmann schließlich mit nervöser Stimme unterbrach.

„Komm rein", sagte sie und entschuldigte das Chaos. Nachdem sie die Bücher von der Couch geräumt hatte, schenkte sie Marion Behrens ein Glas Cognac und danach ein zweites ein. Erst nach mehrmaligem Nachfragen war es ihr schließlich gelungen, sich aus den unzusammenhängenden Aussagen ein Bild zusammenzureimen: Oliver sei jetzt seit über drei Stunden weg, habe aber spätestens gegen neun zurück sein wollen, da er am nächsten Morgen eine Bauabnahme in Berlin hatte und früh ins Bett gehen wollte. Eigentlich habe er nur noch mal nach dem Stand der Renovierungsarbeiten im Bauernhaus sehen wollen, das sie sich gekauft hatten. Eine Sache von einer halben Stunde. „Höchstens!", stammelte Marion Behrens und starrte mit aufgerissenen Augen in die Leere.

Ob er denn sein Mobiltelefon dabei habe?, wollte Sarah Bergmann wissen.

Doch, aber er gehe nicht ran. „Danach habe ich noch bei Maike und Arne angerufen, aber da war er auch nicht. Ich habe Angst, verstehst du, Sarah?"

Sarah Bergmann nickte.

„Wir sehen jetzt zusammen nach", sagte sie mit ausdrucksloser Stimme.

„Soll ich nicht lieber gleich die Polizei rufen?"

Sarah Bergmann schüttelte langsam den Kopf.

„Wir wissen doch noch nicht einmal …"

„Aber Thomas ist ja auch …"

„Das muss nichts heißen", fiel ihr Sarah ins Wort und spürte, dass sie sogar hoffte, dass sich Marion Behrens' Befürchtungen bewahrheiteten. Hoffte, um nicht länger allein in einer solchen Situation zu sein. Hoffte, weil sie dann wenigstens ausschließen konnte, dass Thomas sie verlassen haben könnte. Und gleichzeitig schämte sie sich für diesen Gedanken.

„Lass uns gehen", sagte Sarah Bergmann zu Marion Behrens und stand auf.

Die Straßen des kleinen Dorfes lagen wie ausgestorben im fahlen Licht der Laternen. Hell erleuchtet waren nur noch wenige Fenster der Häuser, erbaut zu Beginn des letzten Jahrhunderts. Eine Katze huschte über die Straße.

„Hast du lange gebraucht, um dich hier einzuleben?", fragte Sarah.

„Das hast du mich neulich erst gefragt …", antwortete Marion.

„Ich habe Daniel – das hat mir sicherlich geholfen."

„Mhm“, seufzte Sarah nachdenklich.

„Du solltest öfter rauskommen, Sarah“, antwortete Marion abwesend. „Schau dir in Berlin Ausstellungen an … oder promoviere …“

„Ich weiß nicht“, sagte Sarah Bergmann mehr zu sich selbst. „Vielleicht hast du Recht. Ja, sehr wahrscheinlich sogar hast du Recht.“

Dann legte sich wieder Schweigen zwischen sie. Nebeneinander gingen sie durch die stillen Straßen, bis sie das Ende des kleinen Ortes erreicht hatten. Nach der letzten Straßenlaterne schaltete Sarah Bergmann die Taschenlampe ein und leuchtete über die kleine Landstraße, die zu dem ehemaligen Bauernhof führte, in den Oliver und Marion Behrens im frühen Herbst einziehen wollten.

Sarah Bergmann räusperte sich.

„Ich würde dich noch gerne etwas fragen, Marion.“

„Ja?“

„Hatte Oliver irgendeine Ahnung, warum Thomas verschwunden sein könnte?“

„Nein … Ganz sicher nicht“, schüttelte Marion den Kopf. „Warum fragst du?“

„Ich weiß nicht. Als ich ihn am letzten Freitagabend angerufen habe, schien er mir sehr besorgt. Er wollte auf keinen Fall, dass ich alleine in den Wald gehe.“

„Ist das nicht verständlich?“

„Doch … natürlich …“

Das letzte Schimmern der Straßenlaternen hatte sich endgültig in der Schwärze dieser Nacht aufgelöst. Weder das Licht des Mondes noch das der Sterne drang durch die schwere Wolkenschicht, die an diesem Abend heraufgezogen war. Mit fieberhaften Bewegungen ließ Sarah Bergmann den Lichtkegel von der einen Seite zur anderen gleiten, erschrocken beim kleinsten Geräusch, dem sie zitternd nachleuchtete. Dann das Aufleuchten eines Augenpaars, bei dem sie zusammenzuckte.

„Nur ein Reh“, flüsterte sie beruhigend. Mit langsamen Schritten setzten sie ihren Weg durch die Finsternis fort, in der nach und nach endlich die Silhouette des Bauernhauses zu erkennen war. Nirgends brannte Licht, und niemand antwortete ihren Rufen. Die Tür war verschlossen. Erst nach mehrmaligen Versuchen gelang es Marion Behrens schließlich, das Schlüsselloch zu finden. In der feucht kalten Luft hing der Geruch von frisch aufgetragenem Mörtel und Beton. Bei jedem Schritt knirschten der staubige Sand und die über den Boden verlegten Folien, während sie Zimmer für Zimmer im Erdgeschoss absuchten. Dann gingen sie die knarzende Treppe hinauf in das obere Stockwerk.

Noch auf dem letzten Treppenabsatz riss sich Marion Behrens von Sarah Bergmann los und stürzte auf den Schatten, der unter einer Plastiklage am Boden lag. Sie riss die Folie nach oben. Darunter kippte ein Stapel Kacheln und fiel die ungeschützte Brüstung hinab. Der Knall zerschlagener Keramik hallte durch die leeren Räume.

Als sie noch in dieser Nacht die Polizei verständigten, wurde gleich für den nächsten Morgen eine Suchaktion in die Wege geleitet. Ein zweites Mal war ein Mann aus dem gleichen Dorf spurlos und von der einen Stunde auf die andere verschwunden. Die Wiederholung ließ nicht mehr an einen Zufall glauben. Am Freitagmorgen des dritten April 2009 wurde dieses Mal ein weitaus größeres Stück abgesucht. Nicht nur der kleine Forst und die umliegenden Felder des Bauernhauses, sondern auch erneut und noch gründlicher jetzt der lang gezogene Wald, in dem Thomas Bergmann verschwunden sein konnte.

Doch auch diese Aktion brachte kein Ergebnis. Keiner der beiden Männer wurde gefunden, und auch nicht das Mobiltelefon, das Oliver Behrens bei sich getragen hatte.

7

In der Finsternis war nichts zu hören außer dem Ticken des Weckers. „Tick tack, tick tack, tick tack“, ahmte Thomas Bergmann das Geräusch nach. „Tick tack, tick tack, tick tack“, begann er immer lauter zu schreien, hasserfüllt und verzweifelt. Am Anfang hatte er es überhaupt nicht wahrgenommen, aber über die Tage und Nächte, von denen er nicht wusste, wie viele bereits vergangen waren, in dieser stockdunklen Kellerzelle im Nirgendwo, mit ihren feuchten Wänden aus Stein, an die er gekettet war, war dieses zunächst so leise und kaum hörbare Geräusch zum Tosen geworden. Ein Tosen, das von den Wänden widerhallte und über dem nach und nach alles andere verblasst war: die Finsternis, der Schmerz in seinen Augen, wenn die Neonröhren angeschaltet wurden, das Geräusch der Eisenglieder bei jeder seiner Bewegungen, der Gestank seines Körpers.

Irgendwann hatte er schließlich angefangen, sich die Hände auf die Ohren zu pressen. Dann hörte er die Stille seines dumpf rauschenden Bluts. Aber schon nach kurzer Zeit waren seine Hände unter dem Druck müde geworden. Augenblicklich war das Ticken wieder da und noch lauter als zuvor. Als Nächstes hatte er es mit einem Stück seiner Laufjacke versucht. Aber der elastische Stoff wollte nicht reißen, so sehr er auch mit ganzer Kraft daran zog. Nach und nach nagte er dann mit seinen Zähnen daran, bis ein erster kleiner Riss entstand. Als es ihm endlich gelungen war, zwei kleine Fetzen abzutrennen, die er in seine Ohren stecken wollte, entfaltete sich das Gewebe und fiel auf den Boden gestampfter Erde. Schließlich gab er es auf.

In seiner Wut und Verzweiflung versuchte er manchmal, das Ticken durch Schreien zu übertönen oder durch das Rasseln der Eisenkette, durch die er an die Wand gefesselt war. Manchmal auch äffte er es nach. Nur selten gelang es ihm, das Ticken in seinem Bewusstsein auszuschalten. Dann, wenn er sich in seinen Gedanken verlor an seine Situation, für die er keine Erklärung finden konnte.

Hundert Mal sah er sich die Strecke im Wald entlanglaufen. Dann der Sturz und ein Schlag auf seinen Kopf. Als er aufwachte, fand er sich wieder in Ketten, Kälte und Finsternis. Die Kette war gerade so lange, dass er zur Toilettenschüssel und zum Waschbecken kam. Mehr gab es nicht. Sein Essen, trockenes Müsli, wurde ihm in einer kleinen Schüssel mit zwei Flaschen Wasser am Tag in die Zelle gestellt. All das aber hatte er erst mit der Zeit herausgefunden. Als er nach dem Schlag zu Bewusstsein kam, nahm er zunächst nichts wahr als Nacht, das unerträglich schmerzende Hämmern seines Kopfes und das Räuspern eines Fremden, der sich seinem Blick entzog.

Immer wieder stöhnte er damals in die Finsternis seine Fragen, wo er sei, was man von ihm wolle, dass man doch bitte Licht machen solle. Aber alles Flehen und Bitten blieb ohne Antwort.

„Was wollen Sie nur?", schrie er immer wieder. „Was wollen Sie, verdammt? Geld?"

Dann hörte er zum ersten Mal die Stimme.

„Ich möchte, dass Sie mir einen Brief unterschreiben", kam es ihm aus der Finsternis entgegen.

„Was für einen Brief? Sind Sie verrückt?"

„Ich kann auch gehen und Sie allein lassen."

Thomas Bergmann strich sich verzweifelt über sein Gesicht.

„Was für einen Brief? Lassen Sie mich dann frei?"

„Der Brief ist meine Sache. Ihre Sache, ihn zu unterschreiben."

„Und was ist, wenn ich nicht unterschreibe?"

Vielleicht könnte er so Zeit gewinnen, dachte er. So lange man ihn brauchte, etwas von ihm wollte, war er in Sicherheit, versuchte er sich zu beruhigen.

„Dann unterschreiben Sie eben nicht. Ich brauche die Unterschrift nicht. Ich hätte sie nur gerne. Es würde auch Ihnen manches erleichtern."

„Was meinen Sie damit?"

„So wie ich es meine. Sie sind ein intelligenter Mensch, und ich bin es auch. Ich weiß, was Sie denken und worauf Sie setzen. Aber im Unterschied zu mir, der ich Ihre Situation kenne, kennen Sie meine Situation nicht. Also sitze ich am längeren Hebel. Denken Sie an Wittgenstein. Spielchen hin. Spielchen her. Unterschreiben Sie also?"

Spätestens jetzt war es Thomas Bergmann klar, dass dieser Mann keineswegs Geld oder etwas anderes in dieser Art von ihm wollte. Fieberhaft hatte er die ganze Zeit schon überlegt, ob er diese Stimme schon einmal gehört hatte. Bei einer Autogrammstunde möglicherweise. Irgendein Verrückter, der weiß Gott was von ihm wollte. Aber so sehr er auch nachdachte, konnte er sich nicht daran erinnern, diese Stimme jemals gehört zu haben.

„In Ordnung. Ich tue, was Sie wollen."

„Danke. Ich komme jetzt zu Ihnen. Bitte bewegen Sie sich nicht. Ich bin bewaffnet."

Die Tür wurde aufgeschlossen und jemand betrat den Raum mit einer Taschenlampe, die seine Augen blendete. Dann entfernten sich die Schritte wieder, und die Tür fiel ins Schloss. Knisterndes Flackern der angeschalteten Neonröhren erhellte plötzlich den Raum. Das blendende Licht schmerzte in seinen Augen, und er brauchte Zeit, bis er den Raum erkennen konnte. Niemand war zu sehen, nur eine Tür, in die ein kleines Gitter eingelassen war, durch das man zu ihm sprach.

„Waschen Sie sich bitte zuerst die Hände. Rechts neben Ihnen ist ein Waschbecken. Ihre Hände trocknen Sie sich bitte an Ihrer Kleidung ab. Der Brief liegt in der Mappe auf dem Boden. Den Kugelschreiber legen Sie zurück. Noch etwas: Sollten Sie den Brief zerreißen, nützt Ihnen das gar nichts."

Mühsam richtete sich Thomas Bergmann auf und ging zum Waschbecken. Mit aufeinandergepressten Kiefern versuchte er den Zorn über seine Ohnmacht zu bekämpfen. Wie eine Schachfigur, dachte er. Eine Schachfigur, deren Züge man alle im Voraus berechnet hatte. Eine Schachfigur eines Spielers, der schachmatt war. Als er sich dann über den Brief beugte, hatte er die wenigen Briefzeilen schnell überflogen. Es war ein kurzes Anschreiben an einen Lektor, mit dem ein Manuskript eingereicht wurde.

„Ich bin nicht bei diesem Verlag", zischte Thomas Bergmann und setzte seine Unterschrift darunter.

„Sie werden dort also kein Buch unter meinem Namen unterbringen können … wenn es das ist, was Sie wollen", fügte er hinzu und legte den Kugelschreiber zurück in die Mappe.

„Sie unterschätzen Namen“, antwortete die Stimme. „Setzen Sie sich jetzt bitte wieder an die Wand.“

Kurz darauf wurde das Licht wieder gelöscht. Dann wurde die Tür aufgesperrt, und der Schatten eines Mannes holte Brief und Kugelschreiber. Die Tür wurde wieder geschlossen. Schritte entfernten sich.

Das Gesicht des Mannes hatte er nicht erkennen können. Und auch in den folgenden Tagen und Nächten, als der Fremde ihm schweigend und ohne zu antworten etwas zu essen und zu trinken brachte, zeigte er sein Gesicht nicht. Thomas Bergmann schöpfte daraus Hoffnung. Offensichtlich sollte er das Gesicht nicht sehen, um es auch nicht wiedererkennen zu können. Also würde man ihn wieder freilassen. Ganz sicher sogar. Ja, ganz sicher, sagte er sich.

Erst nach einer Ewigkeit, in der er in der Dunkelheit eingeschlossen und ihm sein Zeitgefühl schon lange abhanden gekommen war, dämmerte ihm die Möglichkeit, dass sich der Fremde ihm nur deshalb nicht zeigte, um ihm genau jene Hoffnung wie ein Gift einzuflößen. Dieser Gedanke kam ihm nach dem zweiten Gespräch mit dem Fremden.

„Was wollen Sie denn? Mich töten?“, hatte er in Richtung der Taschenlampe gefragt.

Wie immer schwieg der Fremde und schloss die Tür hinter sich. Thomas Bergmann glaubte schon, die Schritte des Mannes würden sich wieder entfernen, als ihm die Stimme durchs Gitter antwortete.

„Um ehrlich zu sein, ich weiß es noch nicht.“

Mit letzter Kraft nahm sich Thomas Bergmann zusammen.

„Was heißt das: Sie wissen es noch nicht?“

„Das heißt, dass Entscheidungen eine schwierige Sache sind. Es scheint mir, dass wir uns nur in äußerst seltenen Situationen entscheiden. Das meiste ist vermutlich reine Gewohnheit. Wenn wir also von ‚entscheiden‘ sprechen, meinen wir damit vielleicht nichts anderes, als dass wir uns dessen bewusst werden, was sich in uns schon entschieden hat. Vielleicht habe ich mich in diesem Sinn schon entschieden, Sie entweder leben zu lassen oder aber zu töten. Vielleicht weiß ich also alles schon längst und sage es Ihnen nur nicht."

„Warum nicht? Was soll das? Warum spielen Sie mit mir? Antworten Sie mir!" Thomas Bergmann war außer sich. Aber der Fremde ließ ihn ohne ein weiteres Wort der Erklärung im Dunkeln zurück.

In der Unendlichkeit des Wartens schwand ihm jede Hoffnung. Auch die, gefunden zu werden. Sicherlich suchte man ihn. Aber dieser Mann war intelligent genug, um alles genau geplant zu haben, dass man ihn nicht würde finden können. Er kannte die Fälle aus den Nachrichten, in denen Menschen einfach verschwanden und manchmal sogar in direkter Nachbarschaft gefangen gehalten wurden, ohne dass auch nur irgendjemand Verdacht geschöpft hätte.

Die Ungewissheit zersetzte ihn in den Stunden und Tagen, in denen er am Boden kauerte und dem Ticken des Weckers ausgeliefert war. Jedes Mal, wenn sich die Tür öffnete, wusste er nicht, ob jetzt sein Leben zu Ende gehen würde oder er einen weiteren Tag der Hoffnung geschenkt bekäme.

Dann kam die Zeit absoluter Erschöpfung, in der ihm die sich nähernden Schritte nicht mehr den Schweiß aus der Haut trieben.

„Töten Sie mich doch. Dann ist wenigstens endlich Schluss", sagte er eines Tages müde.

„Warum sollte ich Sie töten, wenn Sie mich darum bitten?", antwortete ihm die Stimme nur. Und dann, als die Tür bereits wieder ins Schloss gefallen war: „Außerdem glauben Sie doch selbst nicht daran, dass Sie das wirklich wollen. Dann wäre es doch sehr einfach, nicht?"

Da begriff er. So lange er am Leben war, so lange hoffte er, auch wenn er es nicht wollte. Die Grausamkeit seiner Lage bestand darin, dass es ihm unmöglich war, nicht zu hoffen, und gleichzeitig die Situation keine Hoffnung mehr gelten ließ. Man zerriss und spaltete ihn bei lebendigem Leib, ohne ihn auch nur anzufassen. Erst jetzt blickte er in den schwarzen Abgrund, der das Wort Hoffnungslosigkeit bedeutete, und hörte im mechanischen Ticken der Uhr ihren Nachhall.

8

Seit dem Verschwinden von Oliver Behrens waren vier Tage vergangen. Vier Tage in einem Frühling, der über Nacht gekommen war. Mit den gestiegenen Temperaturen leuchtete der Himmel über Brandenburg in einem dunkleren Blau, wolkenlos und im Licht einer Sonne, die die Luft weich und sanft werden ließ. Ein Glitzern lag auf dem stillen See inmitten des Waldes. Nach und nach war die Sonne dann herabgesunken, waren die Schatten der hochstämmigen Kiefern länger geworden, bis nur noch goldenes Schimmern zwischen den Ästen lag. Noch immer verströmte der Sand die Wärme des Tages. Langsam wandte Lea Weller ihren Kopf zur Seite und blickte in die geöffneten Augen von Alexander Jakob.

„Frühling … endlich", flüsterte er ihr zu und lächelte sie mit seinen dunklen Augen an. Ein Flirren in ihrer Brust, ihrem Bauch. Wie gut er doch aussah, dachte sie einmal mehr und hoffte, dass es jetzt endlich so weit war: dass er langsam, ganz langsam sich über sie beugte und sie küsste, nach all den Gesprächen in der Mensa oder auf dem Campus, seit sie sich das erste Mal gesehen hatten, in der Bibliothek des deutschen Seminars.

Das war jetzt vor zwei Wochen gewesen. Eine lange Zeit. „Eine ziemlich lange Zeit sogar", meinte ihre beste Freundin. „Mach einen Ausflug mit ihm: etwas Romantisches, ein Picknick an einem See." Sie hatte nichts dagegen gehabt, dass sich dieses Mal alles langsamer anließ. Nicht schon wieder wollte sie sich in einen Traum fallen lassen, aus dem sie jäh erwachte. Besser, sie lernten sich erst einmal kennen. Vielleicht wollte er ja gar nichts von ihr. Aber warum sah er sie dann so an? Erst jetzt in diesem Augenblick und an diesem Abend am See wusste sie ganz sicher, dass sie sich gefunden hatten und flüsterte genauso leise:

„Dann findest du auch …?"

„Ja", lächelte er und nahm zum ersten Mal ihre Hand in seine. Eine Berührung, unter der sich ihr Körper anspannte. Erst nach und nach löste sich ihre Anspannung, gewöhnte sie sich an die Wärme seiner Hand, die sie so liebte an ihm: die fein und gleichzeitig kräftig war, mit den Adern, die sich manchmal abzeichneten.

Schon öfter hatte sie sich vorgestellt, wie seine Finger über ihre Haut tasteten und ihren Körper zittern ließen, und noch gestern hatte sie sich erst in letzter Sekunde beherrschen können, seine Hand nicht plötzlich zu fassen und zu spüren. Keiner von ihnen sagte ein Wort, während sie still nebeneinanderlagen und in den Himmel über sich blickten. Viel später erst stützte er sich auf, schaute sie lange an und begann sie zu küssen. Zögernd glitt seine feste Zunge in ihren Mund, intensiver dann von Minute zu Minute.

„Es ist schön mit dir", sagte Alexander Jakob nach ihrem ersten Kuss.

„Mit dir auch", antwortete sie.

Langsam zog er sie zu sich heran. Ihr Kopf ruhte auf seiner Brust. Sie spürte seine Finger durch ihre Haare gleiten und hörte auf seinen gleichmäßigen Herzschlag. Ein Gefühl von Geborgenheit, wie sie es schon lange nicht mehr erlebt hatte.

„Magst du noch schwimmen gehen?", fragte er leise.

„Ist es nicht zu kühl?"

„Wäre es nicht zu schön?"

Er hatte Recht. Warum sich nicht einfach treiben lassen und dieses Spiel spielen, das sie an letzte Schultage erinnerte.

„Doch", antwortete sie.

„Na dann …"

Alexander Jakob erhob sich und ging näher zum Ufer. Abwartend und verlegen blieb sie sitzen und betrachtete, wie er den dünnen Strickpullover über den Kopf und das weiße Shirt über den Rücken zog. Nur die dunkle Jeans hatte er jetzt noch an, über deren tiefen Hüftabschluss der Ansatz einer gestreiften Boxershorts zu erkennen war. Seine Gürtelschnalle klirrte, dann zog er vorsichtig die Jeans nach unten, die Shorts im festen Griff seiner Hand. Er behielt sie an, stellte Lea Weller erleichtert fest und schaute zu, wie er Schritt für Schritt ins flache Wasser ging, bis er mit einem Kopfsprung ins Wasser glitt. Sie spürte ein leichtes Zittern ihrer Hände, während sie Knopf für Knopf ihres tailliert geschnittenen Kleids öffnete. Für einen Moment überlegte sie, auch den BH auszuziehen, tat es dann aber doch nicht.

„Es ist gar nicht so kalt“, rief ihr Alexander Jakob lachend zu.

Trotzdem fand sie es kälter, als sie es sich vorgestellt hatte, als sie sich mit ihren Füßen vorsichtig ins Wasser vortastete. Der Sandgrund gab nur wenig dem Druck ihres Körpers nach. Schritt für Schritt ging sie tiefer hinein, wo Alexander bereits auf sie wartete. Mit den ersten Zügen wurde ihr wärmer. Es war ein langsames Spiel zufälliger Berührungen im Wasser. Schließlich spürte sie zum ersten Mal seine nackte Haut auf der ihren, die schlanken Muskeln seines Körpers. Immer wieder lösten sie sich dann aus ihren Umarmungen und fanden sich wieder. Manchmal tauchte er unter und knapp vor ihr wieder auf, strich sein nasses Haar aus dem Gesicht und blickte sie lachend an. Nach einem Kuss verschwand er wieder unter Wasser, und dieses Mal spürte sie seine Berührung an ihrem Bein. Langsam tastend glitt sie höher und höher, hin zu ihrem Rücken, über den seine Haare strichen. Jeden Moment würde sie seine Lippen fühlen, wusste sie, seine Arme um sich spüren und seinen Körper auf ihrem fühlen. Sie bewegte sich kaum. Stärker wurde jetzt die Berührung, als stieße er sanft seinen Kopf an ihren Nacken, als sie sah, wie Alexander Jakob zehn Meter vor ihr aus dem Wasser tauchte.

In diesem Moment begann sie zu schreien.

Außer sich schlug und trat sie in Panik um sich, spürte etwas wie ein fremdes Bein, das sie von sich stieß, während sie sich an dem aufgepeitschten Wasser verschluckte. Sie bekam keine Luft mehr. Ihr Schreien erstickte unter verzweifeltem Röcheln, mit dem sie nach Atem rang. In Todesangst schlug sie noch stärker um sich, noch mehr Wasser drang in ihre Luftröhre, dann wurde ihr schwarz vor Augen.

Zu sich kam sie erst wieder am Ufer. Nach und nach dämmerte über ihr das Gesicht Alexander Jakobs auf, der unablässig auf sie einredete.

Zwei Stunden später verströmten Scheinwerfer eine Tageshelle, unter der Taucher die Wasserleiche eines Mannes an Land zogen.

9

Das Fenster war weit in die Nacht hinein geöffnet. Nur leicht bewegten sich die weißen Vorhänge in der Luft, die lau und mild war wie die Temperaturen, die Anfang April ein Gefühl von Sommer verströmten. Neben dem Bett brannte noch immer die Messing-Leuchte, deren Milchglas das Zimmer in weiches Licht tauchte. Auf dem Parkett lag aufgeschlagen das Buch, das Dominik Brentano aus den Händen geglitten war. Tief und fest schlief er, den Kopf auf seinem ausgestreckten rechten Arm, sein Gesicht bedeckt von dunklen Locken.

Seit langem war es der erste Abend gewesen, an dem er endlich wieder Ruhe gefunden hatte, ein Buch zu lesen. Aber schon nach wenigen Seiten hatten die Zeilen vor seinen Augen zu verschwimmen angefangen und die Buchstaben sich ineinander zu verschieben. Immer wieder fielen ihm die Augen zu, die er jedes Mal noch etwas mühsamer öffnete, bis sein Arm tiefer und tiefer und schließlich ganz zur Seite kippte. Seine Finger lösten sich. Das Buch fiel.

Die letzten zwei Wochen hatten zu den beruflich anstrengendsten seines Lebens gehört. Es war sein erster Fall als Hauptkommissar gewesen. Und die Tatsache, dass er mit fünfunddreißig Jahren bereits in dieser Position war, machte die Sache nicht einfacher. „Freude sieht anders aus", hatte er manchmal gedacht, als ihm Kollegen aus anderen Abteilungen zur Beförderung gratuliert hatten: so ganz anders als das offene und ehrliche Lächeln seiner engsten Mitarbeiter. Dabei war der Fall ohnehin kompliziert genug gewesen.

Zu den Schwierigkeiten, den Tathergang des Überfalls mit schwerer Körperverletzung zu rekonstruieren, die Tatverdächtigen und nötigen Beweise zu finden, kam der politische Druck: Das Opfer war afrikanischer Herkunft. Die Möglichkeit eines fremdenfeindlichen und rassistischen Hintergrunds bedeutete eine Brisanz, auf die sich die Presse stürzte und wegen der die Politik schnelle Ermittlungsergebnisse sehen wollte. Für zwei lange Wochen lief die gesamte unterbesetzte Abteilung gegen ihre Grenzen an. Ganz besonders er.

Morgens öffnete er als Erster die Tür zu den Büroräumen, in denen noch der Geruch von kaltem Kaffee hing, und verließ bis auf wenige Ausnahmen als Letzter das Gebäude. Dass er dann die entscheidende Spur gefunden hatte, lag nicht nur an seiner Disziplin und seinem genauso analytischen wie intuitiven Vorgehen. Vor allem war es Glück. Das wusste er selbst am besten und machte daraus auch keinen Hehl.

Völlig erschöpft war er an diesem Abend früher nach Hause gegangen, wo Esther ihn in die Arme nahm und ihm ins Ohr flüsterte: *„Mes félicitations, monsieur le commissaire."* Gratuliere, Herr Kommissar. Begleitet von ihrem leichten Lächeln und ihrem Augenaufschlag, der die Zeit stillstehen ließ. Noch immer. Nach all der Zeit.

Später am Abend kochten sie Spaghetti mit Knoblauch, Thunfisch und Kapern, tranken ein Glas Wein und schauten dabei die Abendnachrichten. Anschließend verschwand Esther wieder in ihrem Atelier, während er noch etwas fernsah, bis er sich mit seinem Buch ins Bett legte, über dem er nach wenigen Seiten einschlief. Wach wurde er erst wieder, als er Esthers Finger durch seine Locken gleiten spürte.

„Dominik … Dominik", drang ihre weiche Stimme nach und nach in sein Bewusstsein vor. „Wach auf, bitte."

Unwillig drehte er sich um.

„Was ist?", fragte er schlaftrunken.

„Tut mir leid. Telefon für dich. Das Präsidium", antwortete Esther, strich sich eine lange, braune Strähne aus dem Gesicht und band sich das Haar zurück.

„Bitte nicht", stöhnte er.

Nicht heute Nacht. Er brauchte endlich einmal wieder länger Schlaf. Langsam rieb er sein Gesicht und die Müdigkeit aus seinen Augen.

„Wo ist das Telefon?"

„Ich hol's dir", sagte Esther leise und stand auf.

Mit jedem Wort, das er dann hörte, wurde er wacher. Zur genannten Landstraße finde er leicht mit seinem Navigationssystem, und an der entsprechenden Abzweigung in den Wald stünden bereits Streifenwagen, versicherte man ihm: „Nicht zu verfehlen. Hauptkommissarin Rebekka Lehberg ist auch schon unterwegs."

Er legte auf und sah Esther an, die die ganze Zeit über am Bettende gesessen hatte.

„Du musst noch mal weg?", fragte sie ihn.

„Ja. Eine Leiche wurde in einem See gefunden."

„Ich setz dir noch Kaffee auf", versuchte sie ein aufmunterndes Lächeln.

„Das ist lieb von dir. Danke."

Nachdem er geduscht und eine Tasse Kaffee getrunken hatte, war Esther bereits wieder in ihrem Atelier, zu dem er die freitragende Treppe nach oben ging. Stufe für Stufe vernahm er jetzt deutlicher die melancholischen Klavierakkorde Ravels, die Jane Birkins Stimme begleiteten. Durch die Glastür sah er Esther in ihrem Karohemd vor der Leinwand stehen, auf die sie mit einem Dia-Projektor Fotografien warf. Als er die Tür öffnete, drehte sie sich um im Licht der projizierten Fotoaufnahme. Das Bild war beinahe fertig, erkannte er, als sie den Projektor ausschaltete. Wie alle aus dieser Serie zeigte auch dieses eine leere Stelle an einer Wand, an der über lange Zeit und über viele Jahre hinweg ein Bild gehangen haben musste. Jetzt war nur noch diese Leerstelle zu sehen.

„Weißt du", sagte sie damals, beim Abendessen in der kleinen Trattoria in San Sano, als ihr nach einem Tag in Siena die Idee zu der Serie gekommen war. „Weißt du, das ist doch das Aufregende an der Kunst. Dass sie im Sichtbaren das Unsichtbare aufschimmern lässt. Das will ich. Einen offenen Prozess in Gang setzen. Und diesen Prozess selbst darstellen. Darstellen, was Kunst kann." Ihre Stimme hatte vibriert. Wäre es ihr möglich gewesen, hätte sie noch am gleichen Abend zu arbeiten angefangen. Aber sie waren im Urlaub in der Toskana, und abgesehen von ihrer Kamera hatte sie alles andere, was mit ihrer Arbeit zu tun hatte, zu Hause gelassen. Er hatte darauf bestanden.

„Es ist sehr schön", bemerkte er mit Blick auf das Bild. „Ich mag dieses Weiß hier. Siehst du?", fragte er sie und zeigte mit der Hand auf die Stelle.

„Ich auch", antwortete sie.

„Bist du noch wach, wenn ich nach Hause komme?", fragte er.

„Mal sehen. Im Moment läuft es jedenfalls gut", lächelte sie ihn an.

„Dann bis später", sagte er, verabschiedete sich mit einem Kuss auf ihre Lippen und eilte nach unten. Er freute sich, dass es bei Esther so gut lief. Es hatte auch andere Zeiten gegeben. Zeiten, in denen sie beinahe ihre Malerei und auch sich selbst aufgegeben hätte. Er erinnerte sich noch sehr genau an jene Abende, als sie mit leerem und müdem Blick auf den Fernseher starrte. Das übliche Glas Rotwein neben sich.

„Wie stellt ihr beide euch das denn vor?", hörte er seine Mutter wieder: „Ich bitte dich, Dominik. Deine Frau verdient kein Geld mit ihrer … Muse. Und dein Gehalt, na ja."

Obwohl er das alles für sich behielt, wurde Esther dennoch zunehmend schweigsamer, wenn es um seine Mutter ging. Seitdem hatte sich einiges geändert. Zum Glück. Durch Zufall. Plötzlich tauchte vor drei Jahren diese Galeristin auf. Die Bilder verkauften sich gut, die Ausstellung wurde in Feuilletons besprochen. Inzwischen brachten ihre Bilder Geld. Viel Geld sogar. Vor einem Jahr hatten sie sich dann die großzügige Maisonette-Wohnung über den Dächern Berlins gekauft, wo sich Esther im verglasten Obergeschoss ihr Atelier eingerichtet hatte. Und seit zwei Monaten war er jetzt Hauptkommissar. Sie beide hatten wirklich Glück, dachte er, während er die Treppe des Hausflurs hinablief.

Kurze Zeit später manövrierte er in wenigen Zügen seinen Wagen aus der engen Parklücke. Still lag die Seitenstraße jetzt da, überdacht von den Ästen der Bäume, die ein erstes frühlingshaftes Grün zeigten. Er öffnete das Fenster und atmete die milde Luft, während er den Wagen durch die stillen Straßen lenkte und dann weiter Richtung Berlin-Charlottenburg fuhr. Noch immer waren die breiten Hauptstraßen von Autos belebt und von Reklametafeln beleuchtet, die Gehwege mit Menschen gefüllt, die vor einer Bar oder einem Café standen und rauchten. Vor den großen türkischen Supermärkten waren jetzt, in der Nacht, die Kisten von Obst, Früchten und Gemüse leergeräumt. Keine Verkäufer standen um diese Zeit mehr davor und beschrien Angebote und Preise, in schneller und monotoner Wortfolge. Stattdessen immer wieder Klingeltöne der Mobiltelefone, Musik, die aus den geöffneten Autofenstern drang, und das Rauschen verschiedener Sprachen. Erst als er die Ausfahrt auf die Stadtautobahn nahm, legte er Musik ein. Nach und nach erloschen hinter ihm die Lichter der Stadt. Nach siebzig Kilometern und mehrmaligem Abbiegen hatte er schließlich die gesuchte Landstraße erreicht. Langsamer fuhr er jetzt die abschüssige Straße entlang, die an Kiefern vorbeizog.

Nach fünfzehn Minuten sah er in der Ferne das blau aufblinkende Licht von Streifenwagen. Hauptkommissar Dominik Brentano schaltete die Musik aus und bremste langsam ab.

10

Mehrere Autos und Streifenwagen standen in einer kleinen Ausbuchtung, von der aus ein kleiner Weg in den Wald zu führen schien. Zwei Streifenpolizisten gaben Handzeichen. Dominik Brentano ließ den Wagen jetzt ausrollen, hielt an und öffnete das Fenster ganz.

„Hauptkommissar Brentano“, stellte er sich vor und zeigte den Dienstausweis.

„Guten Abend, Herr Brentano. Parken Sie am besten hier“, antwortete der Polizist und wies auf eine Lücke neben dem weißen Kombi der Spurensicherung.

„Zum See ist es noch ein Stück zu Fuß. Ich zeig Ihnen den Weg“, erklärte der junge Beamte, als Hauptkommissar Dominik Brentano ausgestiegen war. Schweigend folgte er ihm auf dem sandigen Pfad, der sich durch die Kiefern wand. Es war kälter als in der Stadt. Dominik Brentano zog den Reißverschluss der winddichten Segeljacke nach oben. Nach einigen Minuten leuchtete das Licht von Scheinwerfern durch die Bäume.

Als sie den Fundort erreicht hatten, den man mit rotem Band abgesperrt hatte, bedankte sich Hauptkommissar Brentano bei dem Polizisten, trat unter der Absperrung hindurch und stand einen Moment lang still. Etwas abseits, am Waldrand, kauerte auf einem gefällten Baumstamm ein Pärchen. Vor ihnen lag eine Decke mit Picknickkorb. Daneben stand Hauptkommissarin Rebekka Lehberg und schien die beiden etwas zu fragen. Verneinend schüttelte der junge Mann den Kopf, legte seinen Arm um die Frau und drückte sie schützend an sich. Die beiden hatten sich ihren Abend wohl auch anders vorgestellt, dachte er und ließ seinen Blick vom Wald weiter zum Ufer hinab gleiten.

Überall leuchteten weiße Anzüge der Spurensicherung, blitzten zischend Fotoapparate auf und hörte man das dumpfe Gemurmel von Stimmen. Am Ufer des Sees stand eine kleine Gruppe im Kreis, die im Stakkato des Blitzlichts erleuchtet wurde. Unter ihnen erkannte er Dr. Friedrichsen, den Pathologen, der gerade auf etwas zeigte, das weiß zwischen den Anwesenden hindurch schimmerte. Hauptkommissar Dominik Brentano trat ein paar Schritte näher und erkannte, dass es ein toter Körper war. Mehr konnte er aus der Entfernung nicht ausmachen. Ob er zunächst zu Rebekka gehen sollte? Aber sie war gerade mitten in der Befragung. So elegant gekleidet, wie sie war, schien auch sie heute Abend etwas anderes vorgehabt zu haben. Der leichte Kurzmantel mit dem breiten Gürtel sah italienisch aus. Vielleicht war sie ja in der Oper gewesen, überlegte er und ging langsam weiter in Richtung der Gruppe am Ufer.

Der Körper lag merkwürdig gekrümmt da. Zunächst hielt er Leichenstarre für den Grund der seltsamen Haltung des Toten. Doch mit jedem Schritt, den er näher kam, erkannte er, dass es eine andere Erklärung dafür gab.

„Mhm", kam es ihm nachdenklich über die Lippen, als er vor dem Körper stand.

Dr. Friedrichsen hob nur den Kopf und blickte ihn vielsagend an. Die Stirn seines über fünfzigjährigen Gesichts hatte er gerunzelt.

Vor ihm lag die Leiche eines Mannes, um dessen Hals eine Schlinge gezogen war. Die Hände und Füße waren im Rücken gefesselt.

„Ist er so ertrunken?", fragte Hauptkommissar Dominik Brentano den Pathologen.

„Sieht danach aus. In der Lunge scheint jedenfalls Wasser zu sein. Das lässt auf Ertrinken schließen. Vermute mal, dass es hier passiert ist. Vor … drei Tagen vielleicht? Mehr kann ich dazu im Moment noch nicht sagen."

Langsam ging Dominik Brentano um den toten Mann und betrachtete die Fesselung. Erst jetzt fiel ihm auf, dass die Schlinge mit den gefesselten Händen und Füßen verbunden war. Unwillkürlich dachte er an den Namen, der in der Presse für Schlagzeilen und auf dem Präsidium über Wochen für Gesprächsstoff gesorgt hatte: Krystian Bala. Polnischer Autor, verurteilt wegen Mordes an einem Geschäftsmann.

Hinter sich hörte er Schritte. Mit den Händen in den Taschen ihres Mantels kam Rebekka Lehberg kühl und unaufgeregt auf ihn zu, so kühl, wie er sie von Anfang an kannte, als er noch Kriminalkommissar war, unter ihrer Leitung zum Kriminaloberkommissar wurde und schließlich zum Hauptkommissar.

„Einen schönen Abend gehabt?“, begrüßte er sie.

„Bis vor einer Stunde“, zuckte sie mit den Schultern. „Und du?“

„Wie du sagst: bis vor einer Stunde.“

„Du erinnerst dich an den Fall Bala?“, blickte sie ihn an und strich sich durch ihr schulterlanges, dunkelblondes Haar. Etwas müde sah sie heute Nacht aus, stellte er fest. Sonst sah man ihr die Fünfundvierzig nicht an.

„Krystian Bala sitzt Hunderte von Kilometern entfernt in Untersuchungshaft“, antwortete er.

„Ich weiß. Ein Trittbrettfahrer?“

„Vielleicht. Die Art der Tötung ist so außergewöhnlich, dass sie nicht zufällig scheint. Fragt sich aber, welches Trittbrett. Findest du nicht?“

„Sehe ich auch so“, stimmte sie ihm leise zu.

Für einen kurzen Moment standen sie wortlos nebeneinander.

„Wissen wir denn schon, wer es ist?“, brach Dominik Brentano das Schweigen.

„Wir vermuten es. In einem Dorf, etwa fünfzehn Kilometer von hier, sind zwei Männer verschwunden: Thomas Bergmann und Oliver Behrens.“

„Der Thomas Bergmann?“

„Ja. Bergmann wird seit dem dreiundzwanzigsten März vermisst, Behrens seit dem zweiten April. Es könnte also sein, dass es sich bei dem Toten um einen der beiden handelt. Der Polizist, der mit dem Fall vertraut ist, ist schon auf dem Weg.“

„Und die beiden da?“, deutete Dominik Brentano mit einer Kopfbewegung in Richtung des Pärchens.

„Ihr erstes großes Rendezvous. Sie haben ihn dann beim Schwimmen gefunden. Sie kennen ihn nicht und wissen auch sonst nichts, was uns weiterhelfen könnte.“

Rebekka Lehberg lächelte ratlos.

Zwanzig Minuten später war die Identität des Toten zweifelsfrei festgestellt. Es handelte sich um Oliver Behrens.

Hauptkommissar Dominik Brentano folgte dem Wagen von Rebekka Lehberg durch die Nacht. Im Licht der Scheinwerfer sah er die im Frühling liegenden Wiesen und Felder vorbeiziehen und dachte an den letzten gemeinsamen Ausflug mit Esther vor über sechs Wochen. Damals war es lange nicht so schön gewesen wie jetzt, und eine nächste Gelegenheit würde sich so schnell nicht wieder finden lassen. Sein Gesicht verdunkelte sich bei diesem Gedanken und noch mehr bei der Vorstellung, was Rebekka und ihn gleich erwartete: der Schmerz und das Leid in den Gesichtern der Angehörigen.

Sie hatten bereits eine kleine Ortschaft passiert und eine zweite erreicht, als Rebekka Lehberg vor ihm kurz aufblendete und langsamer fuhr. Kurz vor Ende des Orts setzte sie den Blinker, bog in eine schmale Straße ein und bremste nach zwanzig Metern ab. Er parkte hinter ihr und stieg aus. In dem Haus vor ihnen war die untere Fensterreihe hell erleuchtet.

Schon auf ihr erstes Klingeln öffnete sich zögernd die Tür. Fahl und mit dunklen Schatten unter den Augen blickte ihnen eine Frau entgegen.

„Hauptkommissarin Lehberg. Hauptkommissar Brentano. Sind Sie Marion Behrens?“, fragte Rebekka Lehberg und zeigte ihren Dienstausweis.

Die Tür öffnete sich jetzt ganz.

„Haben Sie Oliver gefunden?“ In ihrer Stimme lag verzweifelte Hoffnung und in ihrem Atem Rotwein.

„Dürfen wir bitte erst einmal …?“

Bei diesen Worten Rebekka Lehbergs lief ein Schatten über Marion Behrens' Gesicht. Mit stumpfen Bewegungen bat sie Dominik Brentano und Rebekka Lehberg herein und führte sie in das Wohnzimmer, wo eine andere Frau ängstlich ihren Blick von einem Glas Rotwein hob. Auf dem Tisch standen zwei Flaschen. Eine schöne Frau, dachte Dominik Brentano unwillkürlich, trotz der Spur von Bitternis, die sich in zwei feinen Linien an den Seiten ihres Mundes hinabzog.

„Können wir mit Ihnen allein sprechen?“, bat Hauptkommissar Dominik Brentano vorsichtig, zu Marion Behrens gewandt.

„Das ist eine Freundin: Sarah Bergmann."

Dominik Brentano und Rebekka Lehberg tauschten einen kurzen Blick. Kaum merklich nickte Rebekka Lehberg Dominik Brentano zu.

„In Ordnung, Frau Behrens", nickte Hauptkommissar Dominik Brentano. „Wir müssen Ihnen leider mitteilen, dass Ihr Mann heute Nacht tot aufgefunden wurde. Wir gehen von einem Gewaltverbrechen aus."

Zitternd ließ sich Marion Behrens in den Stuhl sinken. Ihr aschfahles Gesicht verzerrte sich zu einem stummen Schrei. Langsam krümmte sie sich nach vorn und vergrub den Kopf in ihren gekreuzten Armen.

„Dann ist Thomas auch tot", sagte Sarah Bergmann apathisch.

Sie würden sie erst morgen befragen, wussten Dominik Brentano und Rebekka Lehberg und gaben den beiden Frauen die Nummer des Psychologen, der noch in der Nacht zu ihnen kommen könne, wenn sie wollten.

11

Dann folgte auch schon der nächste Stromstoß, der seinen Körper lähmte und seine Beine an den Boden fesselte.

„Siehst du: Nicht einmal das kannst du!", schnitt die Stimme durch die Finsternis. „Dabei ist es doch so einfach", hallte es in seinem Rücken. „Du musst einfach nur den richtigen Schritt tun." Der Strom wurde abgestellt, das Licht ging an. Vor ihm breitete sich ein Netz von Feldern aus. Auf welches Feld nur sollte er als Nächstes springen? Sein ganzer Körper zitterte in Panik. „Du hast für deine Entscheidung noch zehn Sekunden Zeit ... Noch neun, acht, sieben ...", folgten immer schneller und schneller die Zahlen aufeinander, während alle Felder vor ihm verschwammen. Verzweifelt tat er den nächsten Sprung, als das Licht auch schon wieder erlosch und ein neuer, dieses Mal noch stärkerer Stromstoß durch seinen Körper zuckte. Er begann zu schluchzen: „Was soll ich denn tun?"

„Das kannst nur du wissen. Ich sage dir dann, ob deine Wahl die richtige war!"

In diesem Moment brach er zusammen und blieb mit starren Augen liegen. Seine Mutter lag regungslos neben ihm. Von der einen Sekunde auf die andere war er plötzlich kein Kind mehr. Langsam richtete er sich auf und drehte sich in die Richtung, aus der die Stimme seines Vaters kam. „Du bist tot", sagte er kalt zu seinem Vater und tat einen ersten Schritt in die eingetretene Stille.

Elias Sanders öffnete die Augen. An seinem Bauch spürte er die Wärme seiner Katze, die laut und heiser atmete. Vorsichtig erhob er sich und blickte auf ihre Pfoten, die im Schlaf zitterten. Ein ängstliches Miauen. Sanft legte er seine Hand auf ihren Bauch, der sich im schnellen Rhythmus hob und senkte. Sie zuckte auf aus ihrem Albtraum und blickte ihn aus erschrockenen Augen an. „Nur ein Traum", flüsterte er ihr zu und strich ihr beruhigend übers Fell.

Wie lange schon hatte er nicht mehr von seinem Vater geträumt? Er konnte sich nicht daran erinnern. Es musste vor dessen Tod gewesen sein, mit dem für ihn und seine Mutter ein neues Leben begann oder das, was davon übrig war. Er hatte nicht einmal gelitten, dachte er bitter. Noch immer sah er den Blick seines Vaters vor sich, als er ihm den Abiturschnitt mitgeteilt hatte.

„Dann kannst du ja Medizin studieren", sagte er, setzte die Brille wieder auf und blickte weiter auf die Bilanzen, die den großen Schreibtisch bedeckten.

„Du hast Recht. Ich studiere Literatur", hatte er entgegnet und war still hinausgegangen.

Wie seltsam, dass er gerade jetzt von seinem Vater träumte. Und nicht davon, wie er jemanden vor drei Tagen qualvoll hatte sterben lassen. Er hatte immer gedacht, dass ihn diese Erfahrung verändern würde. Hatte gefürchtet, dass er in letzter Sekunde noch Mitleid bekäme oder die Tage danach in Reue verbringen würde. Aber nichts davon hatte er gefühlt, hatte sich mit klarem Kopf ins Auto gesetzt und sich dann wie so oft in den letzten Wochen auf den Weg gemacht in den Ort. Kilometer für Kilometer hatte er mit der Angst vor dem letzten Schritt gerechnet, die nicht kam. Dann wartete er in der herabgesunkenen Dunkelheit, kauerte regungslos am Boden und tat, als wäre er verletzt. Mit den sich nähernden Schritten stöhnte er schwach.

„Hallo? Hören sie mich?", fragte Oliver Behrens besorgt und bückte sich langsam zu ihm herab. Sein Gesicht war jetzt nah vor ihm. Blitzschnell holte Elias Sanders aus, dann ein kurzes bläuliches Aufflackern, und Behrens ging zu Boden. Nachdem er ihm das Stofftuch mit dem Betäubungsmittel auf das Gesicht gedrückt hatte, stieß er ihn mit seinem Bein in Bauchlage und begann, seine Arme und Füße zu fesseln.

„Der hat noch lange nicht genug!", sagte Elias Sanders dabei vor sich hin.

Anschließend hatte er ihn einfach wie ein abgeschlachtetes Tier auf die Plane gelegt, das Auto geholt und ihn auf die Rückbank gehievt. Immer wieder blickte er im Rückspiegel auf den regungslosen Schatten, während er durch die Nacht zu dem

See fuhr, den er für ihn ausgewählt hatte. Am Waldrand parkte er, öffnete die Tür und schleifte Behrens auf der Plane über den sandigen Weg. Mehrmals musste er eine Pause machen, in der er erschöpft nach Atem rang. Manchmal glaubte er, keinen Schritt weiter zu können und aufgeben zu müssen. Immer bis zum nächsten Baum, nahm er sich vor und zog dann wieder an der Plane. Schließlich hatte er den See erreicht. Mit letzter Kraft schaffte er es auf den kleinen Steg. Dann knotete er sorgfältig die gefesselten Hände und Füße aneinander und verband sie mit der Drahtschlinge, die er um den Hals des Mannes legte. Abwartend setzte er sich mit einem Ast, den er im Wald geholt hatte, neben die Plane und betrachtete den See.

Irgendwann ein Stöhnen.

„Nicht bewegen!", befahl Elias Sanders und stand auf.

Der Mann zuckte und hielt inne. Er hatte begriffen, dachte Elias Sanders und stieß den Körper mit seinem Bein ins flache Wasser.

Wasser spritzte auf. Elias Sanders betrachtete eine Weile das verzweifelte Zucken, nahm den Ast und stieß den Körper in tieferes Wasser. Irgendwann bewegte er sich nicht mehr. Elias Sanders schaute ruhig zu, wie der Kopf, der Rücken, die Hände unter der Oberfläche verschwanden.

Still und schwarz lag der See wieder da, als sei nichts geschehen.

Als wäre nichts geschehen, dachte Elias Sanders auch jetzt wieder, als er aus dem Bett aufstand, fröstelnd eine Decke um sich schlang und zum Balkonfenster ging. Auf leisen Pfoten kam seine Katze zu ihm und rieb den Kopf an seinem Bein.

12

Der Morgen lag unter einem dumpfen Schleier bleierner Müdigkeit, nach einer viel zu kurzen und unruhigen Nacht, in der sich Hauptkommissar Dominik Brentano um drei Uhr früh schließlich ins Bett gelegt hatte. Um vier Uhr schlief er ein und drückte drei Stunden später wieder auf die Alarmtaste des Digitalweckers. Mit hämmerndem Kopf machte er sich einen Kaffee, den er langsam trank. Das Licht an diesem Morgen blendete seine Augen. Auch nach der Dusche fühlte er sich nur wenig frischer und mehrere Male schlug er sich leicht in sein blasses Gesicht, bevor er ein leichtes Kribbeln fühlte. Seine Haut war wie taub. Nur eine leichte Röte auf seinen Wangen, die kurz später auch schon wieder verblasst war, als er die Tür hinter sich zuzog und sich mit dem Auto auf den Weg ins Präsidium machte.

Esther schlief noch. Auch sie musste gestern bis spät in die Nacht gearbeitet haben. Als er nach Hause gekommen war, lag noch der Duft gelöschter Kerzen im Wohnzimmer und im Badezimmer ein feuchter Film auf den Kacheln. Die Rotweinflasche in der Küche war zur Hälfte geleert. Er nahm sie und schenkte sich einen kleinen Schluck ein. So leise wie möglich und ohne Licht zu machen hatte er sich dann ausgezogen und sich neben sie gelegt. Sie hatte sich zu ihm gedreht, sich in ihrem Trägershirt an ihn gepresst und ihren Arm über ihn gelegt. Er wünschte, er hätte liegen bleiben können, heute Morgen, zusammen mit ihr aufwachen, in der Wärme ihres Körpers und dem Duft von Schlaf in ihren Haaren.

Wann hatten sie sich das letzte Mal an einem Morgen geliebt? Er konnte sich zunächst nicht daran erinnern. Doch, in ihrem letzten Urlaub. Fast ein dreiviertel Jahr lag er nun schon zurück, aber noch immer schimmerten oft Erinnerungen herauf. Vor allem ihr Ausflug in die Höhlen mit den steinzeitlichen Felsmalereien, von denen manche über zwanzigtausend Jahre alt sein sollten. Negative von Händen, über die man eine rote Flüssigkeit versprüht hatte.

„Warum hat man eigentlich gerade Hände dargestellt?", hatte er sie am Abend dann gefragt, als sie auf der fackelbeschienenen Terrasse des Restaurants saßen und zu Abend aßen.

„Haben sie denn Hände dargestellt?", antwortete sie lächelnd und führte das hohe Glas mit dem schweren Rotwein an ihre Lippen.

„Ich versteh nicht ...", antwortete er.

Dass die Hand vielleicht ein Symbol gewesen sein könnte, ein Symbol für etwas anderes als eine Hand. Vielleicht sei es aber auch gar nicht darum gegangen, etwas darzustellen. Denn möglicherweise habe es sich um ein Ritual gehandelt. Vielleicht eine Art von Verewigung, aber im Grunde könne man es nicht wissen: „Heute sind diese Negative von Händen nichts weiter als eine Leerstelle für alle möglichen Betrachtungen und Überlegungen. Das ist das Schöne an ihnen. Ihre Offenheit. Um sich ihnen annähern zu können, müsste man den Kontext ihrer Entstehung kennen, die Lebenswelt dieser Menschen, die dort etwas hinterlassen haben, das uns heute ein Rätsel aufgibt."

Auch in seinem Beruf hatte er mit Leerstellen zu tun, dachte Dominik Brentano. Nur dass er irgendwann zu einem Ende kommen und sagen können musste: So und nicht anders war es gewesen. So sehr sich ihre Arbeiten berührten, so unterschiedlich waren sie, hatte er damals an jenem Abend gedacht, als in der Luft der Duft von Rosmarin und sonnengetränkter Erde lag. Ein Geruch, den er für einen Moment riechen zu können glaubte, als sich seine Gedanken auch schon wieder in seiner Arbeit verloren. Das Bild des Ertränkten war von absoluter Grausamkeit.

Hauptkommissar Dominik Brentano öffnete das Fenster seines Wagens, durch das die morgendliche Luft hereinzog. Aber trotz der Kühle blieben der Druck in seinem Kopf und das vor Müdigkeit fiebrige Glühen seines Gesichts.

Auch Rebekka Lehberg sah übernächtigt aus, stellte er fest, als sie sich zusammensetzten und gemeinsam die Besprechung für eine kurze Verständigung vorbereiteten. Schritt für Schritt gingen sie durch, was sie bereits über den Mord und den Tathergang wussten und im Gespräch mit Marion Behrens und Sarah Bergmann in Erfahrung gebracht hatten. Es war so gut wie nichts, und deshalb hatten sie sich auch zunächst für den kleinen Kreis entschieden: nur mit Kriminalkommissar Mark Kallwasch und Kriminalkommissarin Franziska Lorenz, die im Gegensatz zu ihren Vorgesetzten etwas erholt aussah.

„Scheint wohl eine lange Nacht gewesen zu sein …", bemerkte sie, als sie einen Stuhl vom Tisch rückte, Platz nahm und die Ärmel ihrer schwarzen Hemdbluse nach oben krempelte.

„Leider nicht nur in der Oper", antwortete Rebekka Lehberg.

„Und leider auch nicht zu Hause", fügte Dominik Brentano hinzu.

Kurz darauf später betrat auch Kriminalkommissar Mark Kallwasch das Zimmer, wie immer etwas zu spät und mit einem Becher Kaffee, den er auf den Tisch stellte. Er warf seine schwarze, schmal geschnittene Lederjacke über die Stuhllehne, setzte sich hin und verschränkte die Arme.

„Dann können wir ja", begann Hauptkommissarin Rebekka Lehberg und schlug die Mappe mit ihren Notizen auf. „Gestern Nacht wurde in einem kleinen See bei Liebnitz die Leiche eines Mannes gefunden. Es handelt sich um Oliver Behrens, fünfunddreißig Jahre alt, verheiratet mit Marion Behrens, mit der er einen elfjährigen Sohn hat: Daniel. Den genauen Todeszeitpunkt kennen wir noch nicht. Fest jedoch steht, dass er in der Nacht vom zweiten auf den dritten April von seiner Frau als vermisst gemeldet wurde. Dazu sagt euch gleich Dominik mehr."

Rebekka Lehberg machte eine kleine Pause.

„Außerdem ist auch Thomas Bergmann verschwunden, der mit Behrens befreundet war."

„Ja, der Schriftsteller", beantwortete sie die erstaunte Nachfrage von Franziska Lorenz.

„Kenn ich nicht", kommentierte Mark Kallwasch.

Rebekka Lehberg nahm einen Schluck Kaffee und fuhr dann fort: Dass Thomas Bergmann seit dem dreiundzwanzigsten März vermisst werde, also zehn Tage länger als Oliver Behrens. Thomas Bergmann sei ebenfalls fünfunddreißig Jahre alt, verheiratet mit Sarah Bergmann. Sowohl die Bergmanns als auch die Behrens lebten im gleichen Ort.

„Im Übrigen sind Thomas Bergmann und Oliver Behrens da auch aufgewachsen“, fügte Dominik Brentano hinzu.

„Das heißt also“, schlug Mark Kallwasch vor, „dass wir von einem Zusammenhang ausgehen können zwischen dem Mord an Oliver Behrens und dem Verschwinden von Thomas Bergmann.“

Dass er das nicht für klug halte, erwiderte Dominik Brentano. „So lange wir nichts wissen, sollten wir alle Möglichkeiten ins Auge fassen. Im Moment ist ein Zusammenhang genauso wahrscheinlich wie kein Zusammenhang.“

Sollte es aber einen Zusammenhang geben, fügte Mark Kallwasch hinzu, sei anzunehmen, dass Thomas Bergmann das nächste Opfer werde oder vielleicht bereits schon tot sei.

„Oder aber Thomas Bergmann ist der Täter“, wandte Franziska Lorenz ein und drehte dabei am Verschluss ihres Füllers.

„Kann sein“, sagte Rebekka Lehberg nachdenklich. „Daran haben Dominik und ich auch schon gedacht: Bergmann verschwindet und tötet zehn Tage später seinen Freund. Motiv unbekannt. Indem er bereits vor dem Mord verschwindet, könnte er vielleicht den Verdacht von sich ablenken wollen.“

„Na, ja … also … ich weiß nicht“, runzelte Mark Kallwasch die Stirn.

Hauptkommissar Dominik Brentano atmete gereizt aus.

„Weißt du, Mark, alles, was Rebekka und ich möchten, ist Folgendes: die Augen offen halten, um möglichst viele Fragen stellen zu können. Verstehen wir uns?“

Mark Kallwasch nickte, erstaunt über den Tonfall, den Dominik Brentano nur selten anschlug: eine sehr leise Schärfe, so leise, dass man aufpassen musste, das Gesagte zu verstehen.

„Umso mehr“, fuhr Dominik Brentano fort, „angesichts des Tathergangs.“

„Warum?“, fragte Franziska Lorenz.

„Weil er sehr grausam ist“, sagte Rebekka Lehberg, ließ die Jalousien herunter, schaltete den Projektor an und warf die erste Fotografie auf die herabgelassene Leinwand.

„Wie ihr seht“, sagte sie, „ist das Opfer gefesselt worden. Und zwar auf eine Weise, die an den Fall Bala denken lässt. Ich glaube, ihr erinnert euch. Wir wissen noch nicht, ob Oliver Behrens bei Bewusstsein war, als er so gefesselt ins Wasser geworfen wurde. Auch nicht, ob der Fundort auch der Tatort war. Friedrichsen vermutet es. Die genauen Ergebnisse bekommen wir frühestens morgen."

Nach und nach zeigte Rebekka Lehberg alle Fotografien, begleitet von einer immer lebhafteren Diskussion, in der man sich ins Wort fiel, Möglichkeiten durchspielte und wieder fallen ließ, bis sich ein erstes Vorgehen abzuzeichnen begann.

„Rebekka und ich fahren jetzt erst einmal zu Sarah Bergmann und Marion Behrens", schloss Dominik Brentano. „Franziska, du fertigst bitte ein genaues Dossier zum Fall Bala an. Versuch, mehr über sein Buch herauszufinden: *Amok*, war der Titel, wenn ich mich recht erinnere. Außerdem müssen wir wissen, ob sich neue Hinweise zum Verschwinden von Thomas Bergmann ergeben haben: Kontenbewegungen, Kreditkarten und so weiter."

Dominik Brentano machte eine kurze Pause und wandte sich dann an Mark Kallwasch.

„Mark, du setzt dich mit den polnischen Behörden in Verbindung. Vielleicht können die uns weiterhelfen. Insbesondere, ob irgendwelche Bilder in der polnischen Presse zu sehen waren, die Details der Fesselung zeigten. Wie die Knoten genau aussahen, ob sie denen von Behrens ähneln … du weißt schon."

„Wir treffen uns dann heute Nachmittag wieder", schloss Rebekka Lehberg die Besprechung und suchte ihre Unterlagen zusammen.

„Nehmen wir dein oder mein Auto?", fragte Dominik Brentano.

13

Weiß hingen die Schwaden von Zigarettenrauch in der Vormittagssonne. Sarah Bergmann zog jetzt stärker an der Zigarette, die ihre erste seit Jahren war. Immer wieder hatte sie das Päckchen in ihren Händen hin und her gewendet, hatte es in den Mülleimer geworfen, um es nach fünf Minuten wieder herauszuholen. Verschmutzt von dem feuchten Kaffeepulver der Filtertüte. Mit einem Geschirrtuch wischte sie die braunen Schlieren ab, ging auf die Terrasse und legte das Päckchen auf den Tisch. Sie wusste, dass sie unter keinen Umständen rauchen sollte, dass sie schwanger war, dass sie ihr Kind keiner Gefahr aussetzen durfte. Aber Rotwein hatte sie auch schon getrunken, letzte Nacht. Nur ein Glas, hatte sie gedacht, zur Beruhigung, nur ein Glas, aus dem dann aber eine Flasche geworden war, nach der Nachricht, die ihre letzte Hoffnung zerrissen hatte.

Aber was konnte eine Zigarette schon bewirken im Vergleich zu ihrer psychischen Verfassung der letzten zwölf Tage, in denen das Warten sie zersetzte? Zersetzte wie ihr Kind, das in ihren Gedanken zu einem schwarzen Klumpen Fäulnis wurde. Ihre Finger rissen wie von selbst die Folie des Päckchens ein. Dann ging alles sehr schnell. Im nächsten Augenblick hatte sie auch schon das Alublättchen entfernt und mit zitternden Fingern eine Zigarette herausgezogen. Das Klacken des Feuerzeugs, eine kleine Flamme, der erste Zug, der in ihrem Hals brannte. Als sie das nächste Mal an der Zigarette zog, spürte sie bereits Schwindel. Sie fühlte eine wachsende Übelkeit, je schneller sie rauchte. Trotzdem rauchte sie die Zigarette bis zum Filter, bevor sie die Kippe mit nervösen Bewegungen in einem Blumentopf ausdrückte.

Alles war Olivers Schuld. Hasserfüllt blickte sie auf das Album mit den Fotos, das aufgeschlagen auf dem Tisch lag. Sie hatte schon früher geahnt, dass Oliver etwas wissen musste über das Verschwinden von Thomas. Hatte es geahnt seit jenem Abend, als sie ihn anrief und seine Stimme hörte, die auf einen Schlag hellwach war. Aber erst an diesem Morgen, nach einer schlaflosen Nacht, hatte sie gefunden, was sie bisher immer übersehen hatte: Auf einem der Kontoauszüge in der dünnen Mappe der Schweizer Bank. Eine Lastschrift von fünfzigtausend Euro hatte Thomas letzten Herbst in Auftrag gegeben. Allerdings hatte er den Betrag weder abgehoben noch hatte er sich das Geld auf eines seiner Konten einzahlen lassen. Die ganze Summe ging an Oliver Behrens. Warum hatte er es ihr damals verschwiegen? Fünfzigtausend Euro waren selbst für Thomas viel Geld. Was anderes konnte das bedeuten, als dass Oliver in irgendwelchen Schwierigkeiten gesteckt haben musste? Nicht einmal Marion hatte davon gewusst. Oliver musste Thomas in irgendetwas hineingezogen haben. Und sie und Thomas hatten jetzt dafür zu bezahlen. Wieder blickte sie auf das Album und begann dieses Mal die Fotos zu zählen, auf denen Oliver zu sehen war. Immer wieder Oliver. Thomas hatte sich ausnutzen lassen von ihm, dachte sie, als es an der Tür läutete.

Sie schrak zusammen. Dann stand sie auf und erwartete in der nächsten Minute, die Nachricht vom Tod ihres Mannes entgegennehmen zu müssen.

Aber schon mit den ersten Worten der Kommissarin wusste sie, dass das Warten für sie noch nicht zu Ende war. Mit einer müden Bewegung bat sie Rebekka Lehberg und Dominik Brentano herein.

„Lassen Sie uns auf die Terrasse gehen“, erklärte Sarah Bergmann, um eine weitere Zigarette rauchen zu können.

Noch einmal erzählte sie dann auf die Fragen der beiden Hauptkommissare hin alle Details: wie Thomas an jenem Abend noch laufen gegangen sei, wie sie nach vier Stunden schließlich Oliver Behrens angerufen habe, wie sie noch in der Nacht den Waldweg abgesucht hätten.

„Wie würden Sie Ihre Ehe beschreiben?“, fragte Dominik Brentano vorsichtig. Sarah Bergmann zögerte. Allerdings schienen die beiden Hauptkommissare ganz anders zu sein als der Beamte auf der Wache. Keine Spur eines selbstgerechten Tonfalls, eines überheblichen Blicks.

„Ich weiß, worauf Sie hinaus wollen. Ich habe mich das selbst gefragt und frage es mich noch. Wir hatten Probleme ... haben

Probleme", verbesserte sie sich. „Trotzdem sind die nicht so, dass mich Thomas ohne ein Wort verlassen würde. Das kann ich mir nicht vorstellen. Natürlich ist der Gedanke, dass es so sein könnte, schrecklich. Aber nur weil er schrecklich ist, ist er nicht auch wahrscheinlicher, sage ich mir. Finden Sie nicht auch?", blies sie bei den letzten Worten den Rauch über ihre Lippen.

„Ich verstehe." Dominik Brentano nickte langsam.

„Außerdem würde Thomas nicht einfach seine Arbeit zurücklassen", fügte sie hinzu.

„Woran hat Ihr Mann denn zuletzt gearbeitet?", hakte Hauptkommissarin Rebekka Lehberg nach.

„An einem Roman. *Seele minus 30°*, ist der Titel. Diese Woche sollte Thomas eigentlich die Druckbogen abzeichnen. Mehr weiß ich nicht ... Thomas hat nie viel über seine Arbeit erzählt. Er arbeite den ganzen Tag daran, er wolle nicht auch in seiner freien Zeit darüber sprechen, hat er immer gesagt. Fragen Sie den Verlag. Verlagshaus Schwarz in Berlin. Jansen, Bernhard Jansen, ist sein Lektor ... Brauchen Sie seinen Laptop?"

„Das würde uns helfen. Und natürlich seinen Terminkalender", antwortete Dominik Brentano.

„Gab es sonst irgendwelche Probleme? Hatte er mit irgendjemandem Streit?", nahm Rebekka Lehberg die Fragen wieder auf.

„Im Verlag ganz sicher nicht. Seine Bücher verkaufen sich gut."

„Und mit Oliver Behrens?"

Sie schluckte bei dieser Frage. Konnte es mit den fünfzigtausend Euro nicht auch ganz anders sein?, fragte sie sich plötzlich. Nein, der Gedanke war abwegig. Aber was für sie unvorstellbar war, konnten die Kommissare ganz anders sehen. Andererseits: Wenn sie es für sich behielt, fehlte den beiden vielleicht eine entscheidende Spur. Eine Spur, die über das Leben von Thomas entscheiden konnte ... Sie versuchte, das leichte Zittern ihrer Hand zu unterdrücken, mit dem sie nach dem Päckchen griff.

„Frau Bergmann, gab es Probleme mit Oliver Behrens?"

Langsam schüttelte sie den Kopf.

„Die beiden sind seit ihrer Kindheit beste Freunde. Eine Freundschaft, die sich über all die Jahre bis heute gehalten hat. Thomas ging nach Hamburg, um zu studieren. Oliver zum Ingenieurstudium nach Jena. Trotzdem haben sie sich immer wieder gesehen. Seit letztem Herbst wohnen wir jetzt hier …"

„Warum sind Sie hierher gezogen?"

„Ich glaube, Thomas fühlt sich hier zu Hause. Er ist hier aufgewachsen. Er wollte nicht länger in der Stadt leben. Er brauchte Ruhe, um zu schreiben. Vielleicht eine Art kreative Rückbesinnung. Außerdem ist sein Verlag vor zwei Jahren von Hamburg nach Berlin gezogen."

„Aber mit E-Mails etc. ist das doch kein Problem?"

„Er traf sich lieber persönlich mit seinem Lektor", fiel Sarah Bergmann Hauptkommissarin Rebekka Lehberg ins Wort und zündete sich eine Zigarette an.

„Noch einmal zu Oliver Behrens: Es gab also keinen Streit?", fragte Dominik Brentano.

„Nein. Den gab es ganz sicher nicht … Allerdings …"

„Allerdings?"

„Allerdings hatte ich schon öfter das Gefühl, das sich Thomas von Oliver ausnutzen lässt. Ich habe heute Morgen entdeckt, dass er ihm letzten Herbst fünfzigtausend Euro überwiesen hat. Warum, weiß ich nicht. Vielleicht hatte Oliver irgendwelche Schwierigkeiten … Schwierigkeiten, in die er Thomas hineingezogen hat …"

14

„Oliver soll erpresst worden sein?“, fragte Marion Behrens fassungslos und wischte sich die Tränen aus den Augen. Durch die verwischte Mascara wirkten die Schatten unter ihren Augen noch dunkler, ihr Gesicht noch blasser. Sie hob an, brach ab und versuchte es erneut.

„Finanzielle Schwierigkeiten, ja“, stammelte sie. „Aber Erpressung ganz sicher nein! Ich verstehe Sarah immer weniger.“

„Versuchen Sie es trotzdem, Frau Behrens“, bat Hauptkommissar Dominik Brentano.

Marion Behrens schluckte und bemühte sich, ihre Stimme ruhig klingen zu lassen.

„Sarah und Thomas haben schon länger Probleme. Das ist für beide nicht leicht. Sarah macht Thomas zunehmend zu ihrem Lebensinhalt. Er zieht sich daraufhin umso mehr zurück. Sie klammert noch stärker. Der Kreislauf fängt an ... Ich vermute mal, Sarah ist auf Oliver eifersüchtig, weil Thomas mit ihm über seine Eheprobleme gesprochen hat. Sie ist außen vor und unterstellt ihm jetzt irgendetwas ...“

„Aber Sie wussten doch auch nichts von dem Geld?“

„Oliver hat mich wahrscheinlich nicht beunruhigen wollen. Thomas wird uns ausgeholfen haben. Ganz einfach“, schloss sie und strich dabei mit einer fahrigen Bewegung über ihr schwarzes Kleid.

„Was meinen Sie mit finanziellen Schwierigkeiten?“, fragte Rebekka Lehberg und lehnte sich leicht nach vorn.

„Oliver hat das Unternehmen seines Vaters wieder aufgebaut. Nach der Wende hat mein Schwiegervater den Zwei-Mann-Betrieb zu einem mittelständischen Bauunternehmen geführt. Damals gab es viele Aufträge. Die Aussichten waren gut. Dann nahm man Aufträge der Bahn an. Es ging um neue Trassen und Unterführungen, soviel ich weiß. Jedenfalls blieb die Bahn die Forderungen schuldig. Zahlte einfach nicht. Es ging um knappe drei Millionen Euro. Schließlich musste mein Schwiegervater Insolvenz anmelden. Anschließend argumentierte die Bahn, dass man nicht mit einem insolventen Unternehmen verhandeln könne. Der Prozess zog sich über mehrere Jahre und durch mehrere Instanzen. Jedes Mal gab man meinem Schwiegervater Recht und jedes Mal ging die Bahn wieder in Berufung. In letzter Instanz wurde die Bahn schließlich zum sofortigen Ausgleich der ausstehenden Zahlungen und zu zusätzlichem Schadensersatz verurteilt. Einen Tag danach hatte mein Schwiegervater dann den Schlaganfall. Seitdem ist er halbseitig gelähmt, kann kaum mehr sprechen. Versteht auch fast nichts mehr. Rund-um-die-Uhr-Betreuung jeden Tag. Als das Geld dann da war und die Schulden bezahlt waren, führte Oliver den Betrieb weiter. Wir sind aus diesem Grund auch von Berlin hierher gezogen. Oliver hatte dort einen leitenden Posten als Ingenieur. Es war nicht leicht die letzten Jahre. Trotzdem hat er es geschafft, die Mitarbeiter zu halten und etwas Gewinn zu machen. Nicht so viel, aber es reichte ... für uns, für das neue Haus, für die Pflege. Vielleicht aber hat er sich doch verrechnet und Thomas hat ihm ausgeholfen. Was ich jetzt machen soll, weiß ich nicht. Ich weiß gar nichts mehr."

Ihr Körper beugte sich langsam nach vorn, erfasst von krampfartigem Schluchzen.

15

Abgefallene Kiefernadeln bedeckten den sandigen Waldboden, manchmal wie ein Hauch, manchmal wieder ganz dicht, lagen sie da wie Erinnerungen an feuchte Herbsttage und eisige Winternächte. Noch sahen diese abgestorbenen Nadeln nicht nach Sommer aus. Noch, wiederholte Hauptkommissar Dominik Brentano in Gedanken und wunderte sich, warum die gleichen trockenen Kiefernadeln, die ihn jetzt an den vergangenen Herbst erinnerten, sich im Sommer so sehr nach Sommer anfühlen würden, nach wolkenlosem Licht, blauem Himmel und zunehmender Trockenheit. Vielleicht war die Kälte der letzten Monate noch zu nah, vielleicht lag es aber auch an den Sträuchern, deren Zweige noch kein kräftiges, dichtes Grün zeigten. Nur erste Knospen und zartes Flimmern von Blättern und Frühling.

„Es kann auch alles anders sein", antwortete Dominik Brentano und blickte zur Seite zu Rebekka Lehberg, die ihren dünnen Mantel ausgezogen und ihn nachlässig über die Schulter geworfen hatte. Seit einer halben Stunde gingen sie jetzt durch den Wald, in dem Thomas Bergmann immer laufen gewesen war. Es war, als könnten sie beide nach langer Zeit aufatmen, nach den Gesprächen mit Sarah Bergmann und Marion Behrens, befreit aufatmen von ihren ausdruckslosen Stimmen und der Leere ihrer Augen, hier, unter den Kiefern, durch deren Äste die Sonne ein Mosaik aus Schatten und Licht auf den Waldweg warf.

„Es kann immer alles anders sein", erwiderte Rebekka Lehberg und strich sich nachdenklich durch ihr Haar.

„Dann lass uns anfangen ..."

„Das Geld von Bergmann: freundschaftliche Hilfe oder Erpressung?"

„Aber wer erpresst wen? Oliver Behrens seinen Freund? Oder wird Bergmann von einem Dritten unter Druck gesetzt?"

„Mhm", kam es Rebekka Lehberg nachdenklich über die Lippen.

„Und dann zu Sarah Bergmann: Liebe oder Hass?"

„Oder beides? Sie ist sehr narzisstisch", fügte Dominik Brentano hinzu, öffnete seine Segeljacke und hängte sie sich über.

„Aber glaubst du wirklich, dass Sarah Bergmann den besten Freund ihres Mannes ermordet? Oder ihrem Mann dabei hilft?", fragte Rebekka Lehberg und blieb stehen.

Dominik Brentano schüttelte langsam den Kopf. „Sarah Bergmann hat zwar kein Alibi, aber ich glaube nicht, dass sie irgendetwas damit zu tun hat. Weder mit dem Verschwinden ihres Mannes noch mit dem Mord an Behrens."

„Glaubst du, sie hat eine Affäre?"

„Eifersucht hat viele Gründe und emotionale Abhängigkeit viele Gesichter …"

„Möglicherweise hätte ihr Geliebter ein Motiv?", überlegte Rebekka Lehberg.

„Wenn's denn einen gibt", erwiderte Dominik Brentano.

„Du sagst es: Wenn's denn einen gibt."

„Und welches Motiv könnte das sein?"

„Ihr Geld? Sie wird einiges erben", zuckte Rebekka Lehberg mit den Schultern.

„Oder aber etwas anderes, was wir noch nicht sehen", wandte Dominik Brentano ein.

„Und Marion Behrens?"

Dominik Brentano spielte mit seinem Schuh an einem Kiefernzapfen, der im Sand steckte. Er kickte ihn ins Untergehölz. Mehrere Vögel schwärmten flatternd auf.

„Allein mit einem Unternehmen, einem Pflegefall und einem elfjährigen Sohn. Ich weiß wirklich nicht …"

„Dann siehst du da genau so viel wie ich", bemerkte Rebekka Lehberg. „Ziemlich bedrückend die Vorstellung, dass man wie jeden Tag gemeinsam zu Abend isst. Alles ist wie immer und ein paar Stunden später nichts mehr so, wie es einmal war."

Dominik Brentano sah wieder das Gesicht des schmächtigen Jungen vor sich, blass und mit dunklen Schatten unter den Augen. Nach dem Gespräch mit Marion Behrens hatten sie den Jungen noch gefragt, wann er seinen Vater zum letzten Mal gesehen hatte. Beim Abendessen, hatte er geantwortet, aber sein Vater sei wütend auf ihn gewesen und habe ihn ins Bett geschickt. Mit seinen letzten Worten hatte Daniel Behrens zu schlottern angefangen. Sie hatten die Befragung dann abgebrochen.

„Ziemlich schlimm“, sagte Dominik Brentano, „vor allem für den Jungen. Die letzte Erinnerung an seinen Vater: wie der ihn wegschickt.“

„Und der ganze Streit nur wegen dieser Spielko... Spielkon...“

„Spielkonsole.“

Schweigend standen sie eine Weile nebeneinander.

„Wir sollten noch einmal Punkt für Punkt die Möglichkeiten für erste Ansätze durchgehen“, sagte Dominik Brentano schließlich.

„Vom Nichttatsächlichen die Tatsachen der Welt aus erkennen.“

„Das Zitat lautet anders.“

„Du musst es ja wissen“, lächelte Rebekka Lehberg und schlug vor, sich auf die Holzbank zu setzen, die am Wegrand stand. Dominik Brentano holte aus seiner Tasche ein kleines Notizbuch und einen Stift.

„Erstens. Wir haben die fünfzigtausend Euro. Was machen wir damit?“, begann Rebekka Lehberg.

„Kontenbewegungen überprüfen: War es die einzige Überweisung an Behrens? Hat Behrens das Geld abgehoben? Oder investiert?“

„Hatte Behrens zu dem Zeitpunkt der Überweisung einen finanziellen Engpass?“

„Das könnte gegen eine Erpressung sprechen.“

„Muss aber nicht.“

Nach und nach schrieb Dominik Brentano die Überlegungen auf, die sie zusammen entwickelten, infrage stellten und ganz zum Schluss zu ersten Ermittlungsansätzen zusammenfassten. „Vielleicht haben wir Glück“, sagte er, schlug das Heft zu und stand auf. Über eine Stunde war vergangen, seit sie sich auf die Bank gesetzt hatten.

„Vielleicht“, lächelte Rebekka Lehberg, erhob sich jetzt auch und zog ihren Mantel über.

Es war spät in der Nacht, als Dominik Brentano schließlich zu Hause war, auf dem Balkon saß und verloren in das Flackern der

Kerze blickte, die ihr zuckendes Licht über die kleinen Oleanderbüsche warf. Er nahm einen weiteren Schluck Rotwein, mit dessen Geschmack sonst die Erinnerungen in ihm aufstiegen: Erinnerungen an sonnengetränkten Ocker, blauen Lavendel und den Geruch von Thymian bei jedem Schritt über den Rasen. Nicht aber in dieser Nacht. Alle Bilder blieben sehr fern und erdrückt unter dem Tosen in seinem Kopf, in dem die Gespräche und die Stimmen des Tages nachhallten.

Über zwanzig Menschen waren inzwischen damit beschäftigt, alle möglichen Erkundigungen einzuholen, mit den Nachbarn der Behrens' und Bergmanns zu sprechen, die Arbeitskollegen des Opfers zu befragen, mit Banken und Versicherungen zu telefonieren und sich ein genaues Bild von den Vermögensverhältnissen der beiden Ehepaare zu machen. Vielleicht ergaben die Anfragen bei den Detekteien tatsächlich etwas. Möglicherweise hatte wirklich jemand von den Behrens' oder den Bergmanns etwas in Auftrag gegeben. Oder aber die Briefpost für Thomas Bergmann im Verlag brachte etwas Neues, überlegte Dominik Brentano und hörte die Stimme von Bergmanns Lektor wieder: Nein, so viel er jedenfalls wisse, habe sich bisher alles im üblichen Rahmen bewegt – natürlich begeisterte Leserinnen, aber Stalking oder irgendwelche Drohungen? Am besten er rufe aber am nächsten Dienstag an, wenn Frau Röschner wieder im Hause sei, die die Korrespondenz ihrer Autoren und Autorinnen durchsehe und weiterleite. Ob denn Frau Röschner auch zu Hause erreichbar sei? Aber natürlich, warten Sie Herr Hauptkommissar, ich gebe Ihnen ihre Nummer …

Nur, dass er sie dann doch nicht erreicht und eine Bitte um Rückruf auf dem Band hinterlassen hatte. Es war nicht das einzige Mal an diesem Nachmittag und Abend gewesen, als Rebekka, Mark, Franziska und er Namen für Namen aus dem engeren Bekannten- und Freundeskreis durchgegangen waren. Um zehn Uhr hatten sie schließlich aufgehört, ohne wirklich einen Schritt vorangekommen zu sein. Es brauchte eben Zeit. Zeit, die sie vielleicht nicht hatten, dachte Dominik Brentano und fragte sich, ob Thomas Bergmann noch am Leben war. In diesem Augenblick vielleicht auf seine Befreiung hoffte. Oder den nächsten Schritt seiner Flucht plante. Vielleicht aber war er auch schon lange tot. Hauptkommissar Brentano zog die Stirn in Falten und blickte über den gegenüberliegenden Dachgiebel hinweg in den sternklaren Nachthimmel.

Hinter sich hörte er, wie die Balkontür aufgeschoben wurde. Er wandte seinen Kopf und sah, wie Esther mit einem Glas Rotwein auf ihn zukam. Sie trug eines ihrer Karohemden, die sie zum Malen anzog. Ihr zurückgebundenes Haar hatte sich gelockert. Mehrere Strähnen hingen in ihr Gesicht. Sie musste bis soeben gearbeitet haben.

„Du siehst müde aus. Ist es so schlimm?“, fragte sie.

„Noch schlimmer“, antwortete er leise.

„Möchtest du alleine sein?“

„Nein … setz dich bitte zu mir“, sagte er.

„Ich bin völlig verschmiert“, antwortete sie und deutete auf ihr Hemd, das über und über mit Farbe besprenkelt war.

„Macht nichts“, erwiderte er, zog sie auf seinen Schoß und vergrub sein Gesicht in ihren Haaren, die wie ihre Kleidung nach Terpentin und Ölfarbe rochen. Ein salziger und gleichzeitig beißender Geruch, den er mochte.

„Manchmal“, begann er, „manchmal wünschte ich, ich hätte eine andere Arbeit. Einfach die Tür schließen und alle Schatten hinter mir lassen …“

„Und dann wärst du glücklicher?“

„Nein, ich hätte andere Probleme“, antwortete er. „Wir wollen alle immer glücklich sein, nicht?“

„Wir wollen alle geliebt werden.“

„Und das macht es so schwierig.“

„Manchmal“, antwortete Esther und drückte sich fester an ihn. „Halt mich“, sagte sie.

In dieser Nacht fiel Dominik Brentano in einen fiebrigen Schlaf, in dem er sich unruhig hin und her wälzte, während er davon träumte, dass er noch aufs Gymnasium ging. Obwohl er seine Abschlussprüfung in Mathematik bestens bestanden hatte, erfuhr er, dass es ein weiteres Schuljahr und ein zweites Abitur geben sollte, das viel umfangreicher und schwerer werden würde. Aber statt die Ordner vom letzten Jahr frühzeitig herauszuholen und zu lernen, ließ er Monat für Monat verstreichen. Je mehr Zeit verging, umso größer wurde die Angst, dass er nicht einmal mehr die alten Aufgaben würde lösen können. Plötzlich war der Abend vor der Prüfung da. Panisch schlug er die alten Ordner und Bücher auf und blätterte sich durch die Formeln, deren Sinn er nicht mehr verstand. Alles verschwand unter Hieroglyphen von Parabeln und Wurzelzeichen, Asymptoten und Statistiken. Er wusste, dass er überhaupt nichts mehr wusste, als man ihm das Blatt mit den Aufgaben auf den Schultisch legte. Dann wachte er schweißgebadet auf.

Es war kurz vor sieben, und jeden Augenblick würde das Wecksignal starten. Er schaltete den Wecker aus und stand auf in einen Morgen, in dem er sich trotz des Traums und des nervösen Schlafs seltsam ausgeruht und ausgeglichen fühlte.

Erst im Laufe des Vormittags kam der Traum zurück, als ein Gefühl selbstverschuldeter Ohnmacht, nicht genügend getan, nicht genügend auf Worte und Details geachtet zu haben oder etwas Entscheidendes übersehen zu haben. Dieses Gefühl wuchs mit jeder Stunde, die zerfloss unter den Telefonaten, Gesprächen, Verständigungen und Vorbereitungen der Pressekonferenz, die auf den frühen Abend angesetzt war.

Ansonsten hatten die Ermittlungen nur wenig Neues gebracht: Niemand konnte sich vorstellen, warum Oliver Behrens umgebracht worden sein könnte, und niemand aus dem engeren Freundeskreis wollte auch nur eine leiseste Spur eines Zerwürfnisses oder einer Entfremdung zwischen Oliver Behrens und Thomas Bergmann bemerkt haben. Auch die einzige Überweisung von Thomas Bergmann an seinen Freund kam zu einer Zeit, in der Oliver Behrens finanzielle Schwierigkeiten hatte. Alles schien für einen Freundschaftsdienst zu sprechen.

Hauptkommissar Dominik Brentano hatte Frau Röschner vom Verlag Bergmanns immer noch nicht erreicht, und die Detekteien, mit denen man bisher gesprochen hatte, waren weder von den Behrens' noch von den Bergmanns angefragt worden. Auch der pathologische Bericht, der um ein Uhr schließlich auf seinem Schreibtisch landete, bestätigte nur, was man ohnehin schon vermutet hatte: dass Oliver Behrens lebend und bei vollem Bewusstsein mit der Schlinge um den Hals in den See geworfen worden sei. Das Wasser in seiner Lunge hatte gezeigt, dass er dort und nirgendwo anders umgekommen war. Mindestens vierundsiebzig Stunden waren zwischen seinem Tod und dem Zeitpunkt seines Auffindens vergangen. Also musste er in der Nacht, als er nicht zurückgekehrt war, getötet worden sein. Fingerabdrücke fanden sich weder auf seiner Haut noch an dem Seil.

Auch als man sich um fünfzehn Uhr ein weiteres Mal versammelte, stand bald fest, dass man so viel wusste wie zuvor: kein Motiv, kein Zusammenhang, nicht einmal die Spur einer Spur. Aber gerade dieses Fehlen eines Motivs schien neben der Art der Fesselung eine zweite Parallele zum Fall Bala nahezulegen.

Wieder stand die Möglichkeit eines Mordes im Raum, der allein aus intellektuellen Gründen begangen worden sein konnte: So wie Dostojewskijs Protagonist Raskolnikow eine Pfandleiherin nur aus dem Grund ermordete, um sich zu beweisen, dass „Gut“ und „Böse“ nichts weiter wären als gesellschaftliche und also keineswegs allgemeingültige Normen, über die man sich hinwegsetzen könnte. So wie sich vielleicht auch Krystian Bala hinweggesetzt hatte, der sich immer wieder in die Nachfolge Raskolnikows stilisierte und leidenschaftlich für Nihilismus eintrat.

„Vielleicht tatsächlich eine Art intellektueller Spielerei, so furchtbar und unwahrscheinlich das auch sein mag“, fasste Hauptkommissarin Rebekka Lehberg die Überlegungen zusammen.

„Wissen wir denn schon irgendetwas von den polnischen Behörden?“, fragte Dominik Brentano nach einer kurzen Pause.

Kriminalkommissar Mark Kallwasch schüttelte den Kopf.

„Ich habe gestern gleich die Fotos hingeschickt. Sie wollten sich aber noch heute melden. Was das Seil angeht: handelsübliche Ware, bei der in Berlin und Umgebung Hunderte von Baumärkten infrage kommen. Nichts zu machen, leider.“

„Danke“, sagte Hauptkommissar Dominik Brentano.

„Die Pressekonferenz ist auf heute Abend um sechs Uhr angesetzt. Hoffen wir, dass wir danach Hinweise aus der Bevölkerung bekommen“, schloss Dominik Brentano die Besprechung.

Erst eine Stunde später schien ein klein wenig Bewegung in die Sache zu kommen, als Mark Kallwasch die Tür zu Dominik Brentanos und Rebekka Lehbergs Büro öffnete. Aus seiner geöffneten Jacke strömte ein leichter Geruch nach Leder und nach einer Sportlotion, als er sich hinsetzte und ein paar Fotos auf den Tisch legte.

„Sind das die von Bala?“, blickte Rebekka auf und strich sich eine Haarsträhne hinters Ohr.

„Genau. Unsere polnischen Kollegen haben sich unsere Bilder angesehen und alles verglichen. Um es kurzzumachen: Das Prinzip ist dasselbe, aber die Fesselung ist eine andere. Auch die Knoten sind anders.“

„Was heißt ‚anders‘? Andere Knoten als bei Bala?“

„Na ja, bei uns sind es keine richtigen Knoten. Es sind Knoten von jemandem, der sich nicht damit auszukennen scheint. Auch die Art der Schlinge und der Verbindung zwischen Händen und Füßen unterscheiden sich.“

Dominik Brentano lehnte sich zurück.

„Das heißt also“, sagte er gedehnt, „dass die Person, die wir suchen, vom Fall Bala erfahren hat. Aus der Presse erfahren hat. Von der Fesselung gelesen hat. Gelesen und sich vorgestellt hat, wie eine solche Fesselung aussehen mag. Und der das dann umgesetzt hat. Ohne Kenntnis von Knoten und ohne Kenntnis der Fesseltechnik Balas im Besonderen.“

„Oder aber“, wandte Kallwasch stirnrunzelnd ein, „uns genau das glauben lassen mag.“

„Stimmt“, gab Hauptkommissar Dominik Brentano ihm Recht.

„Wissen wir denn, ob es irgendwelche Bilder in der Presse gegeben hat, auf denen die Knoten zu sehen waren? Nicht nur in der polnischen, sondern auch in der deutschen?“, fragte Rebekka Lehberg.

„An den Zeitungen bin ich noch dran. Dazu kann ich noch nichts sagen. Allerdings wurden damals im polnischen Fernsehen Schaubilder gezeigt: mit den fachmännisch geknüpften Knoten in allen Details. Das Programm heißt 997, entspricht unserem Aktenzeichen XY", antwortete Mark Kallwasch. „Ich kümmer mich jetzt weiter um die Zeitungen", sagte er, stand auf und verließ das Zimmer.

Immer wieder betrachtete Hauptkommissar Dominik Brentano die Knoten und die erschreckende Grausamkeit der Fesselung. Irgendetwas entging ihm vielleicht. Er dachte an Esther, wie sie immer wieder das Bild wendete, an dem sie gerade arbeitete, danach mehrere Schritte zurückging, das Bild einmal von der einen Ecke des Zimmers betrachtete, dann wieder aus der anderen, den Bildaufbau aus allen möglichen Perspektiven auf sich wirken ließ. „Irgendwann sehe ich nicht mehr, was ich vor Augen habe", hatte sie ihm einmal erklärt: Sie müsse den Blickwinkel ändern, um das Gleichgewicht der Komposition zu überprüfen und das Bild neu sehen zu lernen, das sie über Tage und manchmal auch über Wochen vor sich hatte.

Langsam wendete er jetzt die Fotos in seinen Händen. Er sah nicht mehr als zuvor. Im Gegenteil. Die Knoten wurden zu Kreisen, um die sich alles andere zu drehen begann. Trotzdem blieb das Gefühl, dass er die Fotos nicht zu Ende betrachtet hatte. „Nichts ist tiefer als die Oberfläche", erinnerte er sich an Esthers Warhol-Zitat. Er versuchte jetzt, die Fotos als Fläche eines Siebdrucks zu sehen. Als Negative. Die weiße Haut verwandelte sich in seinem Blick in eine schwarze Fläche, in der die weißen Linien des Seils beinahe verschwanden.

Es war nackte Haut. Der Mann war entkleidet, entblößt, dem Blick eines Angezogenen preisgegeben. Mit jedem Kleidungsstück weniger wurde die Scham größer. Das konnte genauso viel bedeuten wie die Fesselung selbst und vielleicht in den Augen des Täters noch mehr, als er in diesem Moment vielleicht ahnte. Aber das war nichts als eine Nuance, begriff Dominik Brentano: Der Täter hätte sein Opfer auch entkleiden können und ihn auf andere Art, weniger grausame Weise ertränken können. Es erklärte nicht die Fesselung.

Vor Dominik Brentanos Augen verwandelten sich die Seile und die Schlinge zu den Asymptoten aus seinem Traum, zu

Kurven und Linien mathematischer Schaubilder. Nichts als Hieroglyphen, dachte Dominik Brentano, nichts als Zeichen einer Sprache, die er nicht verstand.

„Was für Hieroglyphen?“, blickte ihn Rebekka Lehberg an. Offensichtlich musste er mit sich selbst gesprochen haben.

„Nichts“, antwortete er knapp und entschuldigte sich, in Gedanken gewesen zu sein.

„Wir sollten noch einmal die Pressekonferenz durchgehen, Dominik“, schlug Rebekka Lehberg vor. „Wir haben noch eine Stunde Zeit.“

Am nächsten Morgen stand der Mord in den Schlagzeilen sämtlicher Zeitungen. Es war Donnerstag, der neunte April 2009.

16

Er hielt den Atem an und bewegte sich nicht, um kein noch so kleines Geräusch zu machen: weder durch den raschelnden Stoff seiner Kleidung, noch durch Atemholen und erst recht nicht durch das Klirren der Eisenkette, mit der man ihn in die Finsternis geschmiedet hatte.

Regungslos saß Thomas Bergmann auf der gestampften Erde und horchte zwischen das Ticken des Weckers, als ginge es um sein Leben. Wieder war da dieses Geräusch, das er zunächst für ein ganz leichtes Klacken gehalten hatte. Dann mehrmaliges Klopfen an eine Eisentür. Kein Schlagen von Schlüsseln und kein Öffnen einer schweren Eisentür, auf das die Schritte des Fremden folgen würden. Sondern ganz leise ein Geräusch, als würde Metall gesägt. Er hatte richtig gehört. Oder stellte er es sich nur vor? War er bereits verrückt geworden nach einer Ewigkeit, in der er in Dunkelheit und Feuchtigkeit auf Tod oder Befreiung wartete?

Nein, es passierte tatsächlich, hier und in diesem Augenblick, dass man die Eisentür auffräste, aufsägte, aufbrach. Man hatte ihn gefunden. Jeden Moment würde man ihn endlich herausholen, und alles, alles läge hinter ihm. Thomas Bergmann stand auf. „Frei sein", wiederholte er mit heiserer Stimme, verschluckte sich und hustete. Das Schleifgeräusch wurde zunehmend lauter, greller, heller. In den nächsten Sekunden würden sie durchbrechen. Er konnte in dem Lärm die Säge beinahe sehen, als plötzlich wieder Stille war. Kein Geräusch, kein Herausziehen des Sägeblatts, einfach nichts.

Thomas Bergmann verharrte regungslos und wartete still. Plötzlich wieder die leisen Klopfgeräusche, gefolgt von dem leichten Schleifen von Metall, anschließend die Säge, die lauter und lauter wurde und wieder abbrach. Stille. Dann begann alles von vorn.

Thomas Bergmann sackte in sich zusammen. Die Arme um die angezogenen Knie geschlungen, begann er sich in einem schnellen, hektischen Rhythmus zu wiegen. Irgendwann legte er sich erschöpft hin und fiel in Fieber. Als er aufwachte, war die Stille noch schwärzer, in die er sich auf sich selbst zurückgeworfen sah: keine Antworten darauf, warum man ihm das antat. Nicht einmal darauf, ob es wirklich um ihn ging. Immer wieder war er alle Möglichkeiten durchgegangen, in denen ihm Gesichter wie Schatten entgegenblickten. Fremde Gesichter aus Lesungen. Gesichter aus der Gegenwart, Gesichter aus der Vergangenheit. Aber nichts ergab einen Sinn, einfach nichts, so sehr er sich auch darum bemüht hatte, etwas zu erfahren.

„Menschen können sich ändern ... Ich habe mich geändert", hatte er dem Fremden gesagt.

„Glauben Sie denn, dass man Sie für etwas bestraft?", fragte der Fremde nur.

„Ich weiß es nicht", stammelte er.

„Sie haben Recht. Menschen ändern sich immer."

„Womit habe ich Recht? Wie meinen Sie das? Worauf beziehen Sie das?"

Dann war er wieder verschwunden und hatte ihm mit der Tonbandeinspielung der Sägegeräusche den letzten vernünftigen Gedanken genommen, zu dem er noch in der Lage gewesen war.

17

Das Zittern des Wahnsinns war schon lange spürbar gewesen, in den Gesichtern von Menschen, die mit sich selbst sprachen, in ihrer manischen und unverständlichen Folge zischender Silben, während sie durch die Straßen gingen, in der S-Bahn saßen oder vor Regalen in Kaufhäusern standen. In den blinden Blicken von Obdachlosen oder den vergrabenen Augen regungsloser Körper, die auf dem Gehweg schliefen oder vor sich hin starben, den lallenden Worten im Rausch und quälenden Krämpfen im Entzug. Aber nach und nach musste dieses Zittern zu einem Beben geworden sein, das die ganze Stadt erfasste, jedes Mal noch mehr Menschen mit sich riss, mitriss wie ein ansteckendes Fieber, das rasend schnell um sich griff und so viele langsam und unmerklich zugrunde richtete vor den Augen aller. Seit wann war das so?, fragte sich die Lektorin Eva Clement und hörte wieder die Schreie, die von der Straße hinauf zu ihrem Balkon schallten.

„Ich schlag dich tot!"

„Ich schlag dich tot", schrie die junge Frau immer wieder der älteren hinterher. Sie war ausgemergelt, ihr Gesicht fahl, mit dunklen Schatten unter den Augen. Sie schmiss die Zigarette weg und drehte mit ihrem Kinderwagen um. Im Laufschritt, die knochigen Hände um den Griff des Kinderwagens geschlungen, lief sie der Älteren hinterher, die schnell eine Tür aufsperrte und im Hauseingang verschwand. Als die Tür ins Schloss fiel, verlangsamte die Mutter wieder ihre Schritte, machte schließlich kehrt und setzte ihren Weg fort. In dem Kinderwagen war ein kleines Gesicht zu erkennen. Es verschwand beinahe unter den Decken.

Noch immer war Eva Clement von der Szene gefangen, die sich soeben vor ihren Augen abgespielt hatte.

„Du verfluchter Hurensohn, du verdammter Scheißkerl, das kannst du nicht …", hatte die junge Frau in ihr Mobiltelefon geschrien und war plötzlich verstummt. Ihr Freund musste aufgelegt haben. Dann schleuderte sie ihren Zorn in die Stille des Morgens.

„Aufregen lohnt sich nicht“, rief ihr die Frau Mitte fünfzig zu.

„Misch dich bloß nicht ein, du Opfer!“, schrie die Jüngere die Ältere an und entfachte einen Schlagabtausch, der Eva Clement nach dem Telefon hatte greifen lassen.

Nach und nach wurde die Stimme leiser. Still lag die Straße wieder da wie immer: ruhig und gepflegt die Altbauhäuser mit ihren hohen Wohnungen, den Bücherregalen, geschmackvollen Möbeln und Gemälden an den Wänden. Als wäre nichts geschehen, dachte Eva Clement. Es war jetzt das zweite Mal innerhalb nur einer Woche, dass ein solches Erlebnis sie wie ein Schock traf, völlig unvorbereitet und unerwartet: nicht am U-Bahnhof Kottbusser Tor und nirgends sonst in Berlin, wo sie auf alles gefasst wäre, sondern hier, um die Ecke, als sie aus dem kleinen Gemüseladen gekommen war und sich auf den Weg nach Hause gemacht hatte, stand er zehn Meter, zitternd vor Scham, vor ihr: Mit verfilzten Haaren, die ihm strähnig auf die Schultern fielen, in einer abgetragenen Jacke und einer fleckigen, ausgebeulten Jeans, presste er mit geschlossenen Augen die Beine aneinander, während sich ein brauner Fleck langsam an der Innenseite seines Hosenbeins hinabzog.

Der Wahnsinn war hier. Und hier war überall, dachte Eva Clement und schloss langsam die Balkontür hinter sich. Mit fahrigen Bewegungen begann sie, ihre Tasche zu packen, ihren Kalender, das Manuskript von letzter Nacht, den Brief, den sie heute früh an einen ihrer Autoren geschrieben hatte. Ihre Arbeit kam ihr nichtig und bedeutungslos vor. Müde trank sie die Tasse Kaffee leer und machte sich dann auf den Weg in den Verlag.

Alles schien ihr unwirklich an diesem Donnerstagmorgen: die Sonne, der blaue Himmel, die Stühle und Tische, die man vor das Café stellte, in dem sie jeden Sonntagmorgen frühstückte. Die Menschen wirkten friedlich, aber keinen Moment lang, während sie in der S-Bahn saß, dachte sie nicht daran, dass jeden Augenblick jemand aufstehen und mit einem Messer um sich stechen könnte. Es war das erste Mal, das dieses Gefühl sie beschlich, in dieser Stadt, die sich für sie immer nach Freiheit angefühlt hatte. Nach breiten Straßen und allen Möglichkeiten. Nach leben und leben lassen. Erst mit dem Lärm der S-Bahn-Station Friedrichstraße und der Hektik auf den Treppen und an den Gleisen kam nach und nach das Gefühl von Normalität zurück. Als sie zwei Stationen später ausstieg, aus den Arkaden trat und langsam den Platz überquerte, ging sie bereits den Tagesplan durch.

Vor dem Kiosk lehnten wie immer die Klapptafeln mit den Titeln der Zeitungen. In großen schwarzen Lettern stand neben dem rotweißen Schriftzug: *Fasst die Fessel-Bestie!*

Für einen kurzen Moment verlangsamte Eva Clement ihre Schritte, wandte dann aber den Blick ab und setzte ihren Weg fort. Als sie die schwere Glastür zum Verlagshaus öffnete, war es noch ruhig in der Empfangshalle. Jetzt, kurz vor neun, saß nur Frau Norbert wie jeden Morgen bereits am Empfang, telefonierte und nickte Eva Clement zu. Eva Clement erwiderte das Lächeln, ging zum Aufzug und betrat kurze Zeit später ihr Büro.

Mit einer weiteren Tasse Kaffee setzte sich Eva Clement schließlich an den Schreibtisch und begann ihren Tag mit Zeitungslektüre. Auch heute legte sie die beiden großen Tageszeitungen zur Seite und griff nach den zwei Stadtzeitungen, die beide auf ihrem Titel von einem Mord in Brandenburg berichteten, der ihr Interesse nun doch geweckt hatte: *Ein Mord ohne Gnade. Mann gefesselt ertränkt. Erfolgsautor Bergmann verschwunden.*

Bergmann, wiederholte sie für sich und begann den Artikel zu lesen, den sie immer schneller überflog. Zeile für Zeile wurde sie nervöser. Hektisch griff sie nach den anderen Zeitungen und las, was dort über diesen Mord stand. Es war nicht viel mehr: An Händen und Füßen gefesselt wurde das Opfer ins Wasser gestoßen, wobei es sich um einen gewissen Oliver Behrens handelte, eng befreundet mit dem Schriftsteller Thomas Bergmann, der seit über drei Wochen spurlos verschwunden sei. Schon der Tathergang hatte in ihr ein flaues Gefühl hervorgerufen: Auch wenn die Presse zur genauen Technik der Fesselung schwieg, so konnte Eva Clement sie sich bis ins Detail vorstellen. Denn auf die gleiche Weise wurde eine Figur im Manuskript Bergmanns ermordet. Dass auf diese Art schon Jahre zuvor ein polnischer

Mann getötet worden war, war ihr neu. Vom Fall Krystian Bala hörte sie zum ersten Mal. Deshalb hätten sie die Übereinstimmungen der Zeitungsberichte zum Manuskript, das ihr Elias geschickt hatte, auch nicht länger verwundern brauchen: Der Autor hätte sich ja am Fall Bala für sein eigenes Buch bedient haben können. Wenn eben nicht in dem Artikel der Name Bergmanns gefallen wäre, der nun seit beinahe drei Wochen spurlos verschwunden war.

Seit über drei Wochen? Wann nur hatte sie das Manuskript bekommen? Das musste vor jetzt zwei oder zweieinhalb Wochen gewesen sein. Allerdings wusste sie nicht, wie lange Elias das Manuskript schon zu Hause gehabt hatte. Ob sie ihn anrufen sollte? Eva Clement stand auf und ging zum Fenster. Nein, sie würde ihn nicht anrufen. Wie könnte er ihr auch schon helfen? Was sollte er schon wissen? Jedoch würde sie mit der Polizei sprechen müssen. Und zuvor mit Dr. Jordan.

Sie blickte kurz auf ihre Uhr, die ihr Viertel vor zehn zeigte, griff zum Telefon und ließ sich in die Verlagsleitung durchstellen.

„Entschuldigen Sie, Herr Jordan“, begann sie und bat ihn um ein Gespräch: Ja, am besten gleich, denn es sei dringend, sehr dringend sogar … Vielen Dank, dann sei sie in fünf Minuten da. Sie legte auf und blickte auf das Bergmann-Manuskript, das auf der Ablage lag. Von der einen Minute auf die andere war es nicht mehr nur ein Stapel bedrucktes Papier. Sondern etwas Unheimliches und Bedrohliches. Sie zögerte, es in die Hand zu nehmen, tat es dann vorsichtig in einen Umschlag, klemmte die Zeitungen unter und machte sich auf den Weg zu Dr. Jordan.

„Dann erzählen Sie mal, Frau Clement“, begann der grauhaarige Verlagschef, setzte seine Lesebrille ab und blickte sie erwartungsvoll an. Je mehr sie den Sachverhalt umriss, umso nachdenklicher wurde sein Gesicht.

„Natürlich benachrichtigen Sie die Polizei. Wer im Verlag hat eigentlich das Manuskript bis jetzt gelesen?“

„Frau Damm, Frau Hausmann und Herr Hansen.“

„Wer ist Hansen?“

„Unser Volontär.“

„Ist er gut?"

„Ja", nickte sie und versprach, ihn mit dem Bergmann-Manuskript auf dem Laufenden zu halten.

Mehrmals wurde sie neu verbunden, musste jedes Mal wieder den Grund ihres Anrufs nennen, bevor sie schließlich am anderen Ende der Leitung hörte:

„Hauptkommissar Brentano. Meine Kollegen sagten, dass Sie uns vielleicht weiterhelfen könnten."

Noch während Eva Clement telefonierte, begann sich die Nachricht von dem Bergmann-Manuskript wie ein Lauffeuer durch die Gänge und Räume des Verlags zu verbreiten. Sensationsgier lag in der Luft, als Eva Clement in die Kantine ging und sich einen Kaffee einließ. Die aufgeregten Blicke widerten sie an.

18

Durch das leicht geöffnete Schiebefenster drangen das Rattern der S-Bahn und ein leichter Wind, den Hauptkommissar Brentano angenehm auf seinem Gesicht spürte. Er nahm einen Schluck Espresso und lehnte sich in das weiße Leder der kleinen Sitzgruppe in Eva Clements Büro zurück.

Nach dem Telefonat mit ihr hatte er sie sich anders vorgestellt. Aber Eva Clement, die Cheflektorin in einem Verlag war, der zu den bekanntesten Deutschlands zählte, schien höchstens Anfang dreißig. Eine fantastische Karriere, deren Schattenseiten er von sich kannte: der wachsende Neid anderer und der zunehmende Druck, unter den er sich selbst setzte, spätestens mit der Beförderung zum Kriminaloberkommissar. Er selbst konnte sich glücklich schätzen, vor allem wegen Rebekka, die ihn von Anfang an unterstützt hatte, und das, obwohl der Weg für sie viel schwieriger gewesen war als für ihn. Sehr wahrscheinlich kannte Eva Clement diese Schattenseiten sehr gut und ließ sich deshalb kaum etwas anmerken: So bestimmt auch ihre Worte waren, ihre Gesten oder die Art und Weise, wie sie ihm zur Begrüßung die Hand gereicht hatte und manchmal die Augen aufschlug, so zurückhaltend fand Dominik Brentano gleichzeitig ihre ganze Art. Als wäre Erfolg nichts, was wirklich von Bedeutung war.

Etwas Melancholisches ging von ihr aus. Trotz ihres klaren Blicks wirkte sie manchmal beinahe abwesend, auch wenn sie ohne zu stocken sprach. Sie beide hatten sogar die gleiche Angewohnheit, dachte Dominik Brentano, als er sah, wie sie zur Decke blickte, mit flirrenden Bewegungen der Augen.

„Um was für einen Roman es sich handelt?", wiederholte Eva Clement dabei seine Frage. „Es ist keinesfalls ein klassischer Bergmann-Kriminalroman, auch wenn die Geschichte danach aussieht. Aber diese Geschichte setzt sich erst nach und nach durch, beschleicht den Leser als wachsendes Grauen."

„Und diese Geschichte ...?", fragte Hauptkommissar Brentano und nahm einen Schluck Espresso.

„… lässt sich im Kern so beschreiben: Es ist die Geschichte einer von Kindesbeinen an dauernden Freundschaft zwischen zwei Männern und eines umso größeren Hasses. Beide leben Haus an Haus und sind verheiratet. Der eine hat einen siebzehnjährigen Sohn, der andere eine fünfjährige Tochter. Das Leben aller bricht eines Tages zusammen, als der eine der beiden durch Zufall den Sohn seines Freundes dabei überrascht, wie er seine Tochter auszieht. Außer sich schlägt er aus dem Sohn alles heraus: Ja, er habe seine Tochter angefasst, aber nur dieses eine Mal. Schließlich gesteht der Junge, dass alles vor einem Jahr angefangen habe, dass er aber das Mädchen doch nur liebe und ihr niemals würde Schmerzen zufügen können. Der Vater der Fünfjährigen geht nicht zur Polizei. Er fesselt den Sohn seines Freundes mit den Händen im Rücken, fesselt die Beine, und verbindet das Seil mit einer Schlinge um den Hals. Dann wirft er ihn in einen See und lässt ihn dort ertrinken. Anschließend begeht er Selbstmord. Auch er ertränkt sich. Bindet sich einen schweren Block um den Fuß und springt in einen See. Hunderte Kilometer entfernt. Seine Leiche wird nie gefunden. Die Tochter nie verhört. Der Fall nie aufgeklärt. Alles ist geschrieben aus der Perspektive der Tochter, die inzwischen erwachsen ist und lange Zeit den Missbrauch verdrängt hat. Durch ein zufälliges, beinahe nebensächliches Ereignis beginnt sie sich zu erinnern und schreibt ein Buch, in dem sie die Ereignisse zu rekonstruieren versucht."

Die Fesselung war nicht die einzige Parallele, die Dominik Brentano aufgefallen war: zwei Männer, von Kind auf befreundet, einer davon verschwunden, der andere gefesselt ertränkt. Vielleicht hatte all das nichts weiter zu bedeuten, war nichts als ein kreativer Prozess, in dem Autobiografisches eingeflossen, verwandelt, umgestaltet worden war. Letztlich gab es auch starke Unterschiede: Bergmann hatte keine Tochter, und nicht der elfjährige Sohn war ertränkt worden, sondern sein Vater, Oliver Behrens. Vielleicht aber war Bergmanns Manuskript ein Anhaltspunkt, dachte Dominik Brentano, ein Ausgangspunkt.

„Die Geschichte ist umso erschreckender, als es sich um einen jugendlichen Täter handelt, finden Sie nicht?", fragte Dominik Brentano.

„Ja“, stimmte Eva Clement nachdenklich zu, machte eine kleine Pause und begann zu erzählen, dass ihr bis vor kurzem diese Problematik nicht bewusst gewesen sei. Dann aber habe sie durch Zufall einen Dokumentarfilm im Fernsehen über minderjährige Pädophile gesehen: „Einer von ihnen ist gerade siebzehn geworden. Er wirkte so verträumt, mit seinen dunklen Locken und dem Gesicht eines Engels. Sehr intelligent. Ein Sohn, wie man sich ihn nur wünschen könnte. Und der Traum jeder Schwiegermutter. Da saß also dieser bildhübsche Junge und wurde gefragt, was ihn errege. Lange Haare müsse sie haben, begann der Junge. Blonde Haare. Eine schlanke Figur in einem schönen, langen Kleid. Außerdem müsse sie selbstbewusst sein. Ein selbstbewusstes Lächeln haben. Er schätze Selbstbewusstsein sehr. Wie alt sie denn sein soll? Sechs Jahre oder sieben, antwortete er, sie könne manchmal sogar schon neun sein. Bei seiner Schilderung hätte man an ein Mädchen in seinem Alter denken können oder noch älter. Das war das Erschreckende.“

So ruhig Eva Clement auch erzählte, so sehr musste sie dieses Thema beschäftigt haben, dachte Dominik Brentano.

„Natürlich wurde auch über Möglichkeiten und Grenzen der Therapien gesprochen. Die Jugendlichen sollten Empathie mit den Opfern lernen. Die Sprache, die die Jugendlichen aber in ihren Sitzungen lernten, war seltsam distanziert. ‚Ich darf keinen Übergriff machen‘ sollten sie sich in ‚Gefahrensituationen‘ sagen. Das war ihr ‚Notfallprogramm‘. Aber was könnte unpersönlicher sein als die Wendung ‚einen Übergriff machen‘? Das Opfer tritt nicht einmal als sprachliches Pronomen in Erscheinung. Warum sagen sie nicht: ‚Ich darf keinen Menschen verletzten, vernichten, zerstören‘? Das hat mich sehr befremdet, ich habe es nicht verstanden. Es wurde auch nicht weiter erklärt. Leider.“

„Mhm …“, kam es Dominik Brentano nachdenklich über die Lippen. „Bitte verstehen Sie, dass ich das Manuskript mitnehmen muss.“

„Natürlich. Ich habe es bereits für Sie in einen Umschlag getan.“

„Vielen Dank. Können Sie mir bitte noch sagen, wann Thomas Bergmann das Manuskript geschickt hat?“

„Warten Sie, ich sehe nach."

Sie beugte sich zur Seite, öffnete einen silbernen Aktenschrank und zog eine weiße Mappe hervor.

„Auf dem Anschreiben Bergmanns steht kein Datum", antwortete sie schließlich.

„Und wann hat er es Ihnen geschickt? Haben Sie den Umschlag mit dem Poststempel noch?"

„Das kann ich Ihnen nicht sagen."

„Was heißt das?"

„Das Manuskript ist an die Privatadresse unseres früheren Cheflektors geschickt worden. Elias Sanders. Er hat es durchgesehen und mir dann zukommen lassen."

„Warum haben Sie das nicht früher erwähnt?"

„Ich dachte nicht, dass es von Bedeutung sein könnte. Was das Datum angeht, müssen Sie also Herrn Sanders fragen. Ich gebe Ihnen seine Privatadresse …"

„Er arbeitet nicht mehr hier?"

„Nein. Er hat Krebs. Mit neununddreißig. Er hat sich von allem und jedem zurückgezogen."

Für einen Moment zog ein Schatten über ihr Gesicht.

„Und wann haben Sie das Manuskript bekommen?"

„Vor zwei Wochen, glaube ich. Einen Moment … ich sehe nach."

Sie blätterte in einem schwarzen Lederkalender, der auf dem Tisch lag.

„Das muss am Freitag, dem siebenundzwanzigsten März gewesen sein", blickte sie ihn an.

Da war Bergmann bereits verschwunden. Rechnete man aber den Postweg mit ein und auch die Tatsache, dass es erst an Sanders geschickt worden war, musste Bergmann das Manuskript einige Zeit vor seinem Verschwinden und noch länger vor dem Mord an Behrens gesendet haben.

„Kannten sich die beiden, Bergmann und Sanders?"

„Persönlich ganz sicher nicht. Bergmann war bei einem anderen Verlag, und Sanders schätzte die bisherigen Erscheinungen Bergmanns nicht besonders."

„Kennt sonst noch jemand das Manuskript?"

„Hier im Verlag hat es sich jetzt natürlich rumgesprochen. Gelesen aber haben es nur Frau Damm, Frau Hausmann und Herr Hansen, unser Volontär …“ Sie brach kurz ab.

„Könnte sonst noch jemand das Manuskript kennen?“

„Vielleicht hat es Bergmann an andere Verlage geschickt. Das ist durchaus wahrscheinlich. Andererseits …“ Eva Clement hielt wieder für einen kurzen Moment inne.

„Andererseits?“

„Andererseits hatte Bergmann ja durchaus einen Namen und konnte davon ausgehen, dass man sein Manuskript las und mit einiger Wahrscheinlichkeit auch in dem Verlag veröffentlichte, den er sich dafür wünschte. In diesem Fall mochte das unserer sein.“

„Ich möchte Ihnen danken, Frau Clement, dass Sie sich bei uns gemeldet und so viel Zeit für Ausführungen genommen haben.“

„Sehr gerne.“ Ein Lächeln spielte über ihr Gesicht.

Hauptkommissar Dominik Brentano reichte ihr die Hand.

„Warten Sie, Herr Brentano. Ich begleite Sie noch hinaus“, sagte Eva Clement und ging voran mit Schritten, die im gleichen Augenblick fest und weich wirkten. In der Treppenhalle noch ein kurzes Lächeln, ein leichter Händedruck und dann trat Hauptkommissar Dominik Brentano mit dem Nachhall ihrer Stimme in die Sonne, die über den Platz schien.

Ob er noch einen Espresso trinken sollte? Hier, an einem der Tische unter den weit aufgespannten Sonnenschirmen sich hinsetzen und nachdenken?, fragte er sich, als sich seine Schritte auch schon nach rechts zur Unterführung wandten. Hoffentlich war wenigstens mit Rebekka alles in Ordnung. Er brauchte sie. Er hatte gerade die Unterführung unter den S-Bahn-Gleisen erreicht, als sie ihn anrief. Schon bei ihren ersten heiseren Worten stockte sie. Das Sprechen schien sie Kraft zu kosten.

Es sei noch schlimmer, als sie befürchtet habe: eine Grippe, und für die nächsten zwei Wochen sei sie krankgeschrieben. „Ruf mich trotzdem an“, hustete sie ins Telefon. „Und halt mich auf dem Laufenden.“

„Mach ich. Ich schick dir auch die Zwischenberichte für Siebert.“

„Die bleiben ja jetzt auch alle an dir hängen", brachte sie mühsam hervor.

„Werd erst mal gesund."

„Geb mein Bestes", verstand er noch. Der Rest ging unter in einem erneuten Hustenanfall. Dass er ihr noch gute Besserung gewünscht hatte, hatte sie wahrscheinlich gar nicht mehr gehört. Siebert, dachte Dominik Brentano. Aber eigentlich konnten sie beide mit dem Leiter des Morddezernats zufrieden sein. Zwar wollte Siebert immer genauestens über den Stand der Ermittlungen informiert sein, ließ ihnen aber freie Hand. Nur auf die zusätzliche Arbeit, die die Zwischenberichte mit sich brachten, hätten Rebekka und er sehr gerne verzichtet. Aber Siebert bestand darauf: dass er sich bei all den laufenden Ermittlungen nicht jedes Detail gleich merken könne, deshalb wolle er auch etwas Schriftliches. Schneller ging Dominik Brentano in Richtung des kleinen Parks, wo sein Wagen stand, griff nach dem Mobiltelefon und wählte die Nummer von Mark Kallwasch.

„Mark, erkundige dich nach einem gewissen Elias Sanders", bat er ihn nach einer kurzen Begrüßung. „Früherer Cheflektor beim Neussen Verlag. Wo er aufgewachsen ist, wo und was er studiert hat, seit wann er in Berlin lebt. Frag bitte auch Sarah Bergmann, ob sie oder ihr Mann Sanders kennen."

„Geht in Ordnung."

„Danke. Schick mir bitte eine Nachricht aufs Handy, sobald du was weißt. Wir sehen uns später im Präsidium."

Hauptkommissar Dominik Brentano legte auf und griff in seiner Jackentasche nach der Karte, die ihm Eva Clement gegeben hatte. In großen, klaren Schriftzügen hatte sie ihm die Adresse von Elias Sanders aufgeschrieben, die in Berlin-Schöneberg lag.

19

Zentimeter für Zentimeter versuchte er, seinen Oberkörper aufzurichten, ganz langsam seinen Kopf zu heben und die verklebten Augen wieder zu öffnen. Erneut erfasste ihn Schwindel, tauchte sein Blick in ein schwarzes Flackern, während sich alles um ihn herum zu drehen begann. Er ließ sich zurückfallen und dachte an nichts, nur daran, jetzt nicht das Bewusstsein verlieren zu dürfen, nicht in die Dunkelheit zu taumeln, die sich wie ein Abgrund vor ihm öffnete, in den er schneller und schneller um sich kreisend zu fallen drohte.

Er fühlte, wie ihm der Schweiß aus allen Poren trieb. Er war an der Grenze. Aber nach und nach entfernte sich die Schwärze wieder, wurde der Taumel seines Fallens langsamer und ging sein Atem ruhiger. Mit geschlossenen Augen blieb er liegen. An seiner Wange spürte er den kühlen Hauch von fremdem Atem, ganz nah, in raschen Zügen, die über sein Gesicht strichen. Ein ängstliches Schnuppern, so ängstlich und besorgt wie ihre runden Augen, mit denen sie ihn ansah. Dann ihre raue Zunge, mit der sie über seine Stirn und seine Wangen leckte. Es gelang ihm nicht, die Hand zu heben und ihr Fell zu streicheln. Irgendwann suchte sie vorsichtig den Weg an die Seite seines Bauchs, wo sie sich einrollte. Kein ungeduldiges Miauen mehr wie früher und kein aufgeregtes Stupsen, dass er endlich aufstehen sollte. Sie blieb einfach liegen, ganz still, und wartete auf ihn. Sie verstand.

Ihm blieb nicht mehr viel Zeit. Es war jetzt der zweite Schwächeanfall an zwei aufeinanderfolgenden Morgen, und um die Ergebnisse der letzten Untersuchung zu erfahren, würde er heute nicht den Arzt sprechen müssen. Nein, er würde überhaupt nicht mehr in die Klinik gehen und auch kein einziges Mal mehr anrufen. Er würde einfach warten und ausharren, bis es kein Zurück mehr gab und auch keine noch so kleine Hoffnung, dass man ihn irgendwie am Leben halten könnte.

Seltsam, dass es jetzt erst durchgebrochen ist, dachte er. Jetzt, nach all den Wochen und Monaten, in denen er funktioniert, in denen er Nacht für Nacht an diesem Manuskript gearbeitet hatte, an dem er beinahe verzweifelt wäre. Und dann hatte es ihm plötzlich vor Augen gestanden: Ratten, die sich ihr Labyrinth selbst bauen. So oder so ähnlich hatte es einer der Autoren der französischen Gruppe beschrieben. Zitate. Nichts als Zitate. Ganze Bücher aus Zitaten. Und plötzlich war ihm klar, wie er vorgehen würde, Buch für Buch las er, sezierte Bergmanns Sätze, schrieb sie heraus und fügte sie neu zusammen. Bis es fertig war, und er einen Schritt nach dem anderen ging, und schließlich den einen, auf den es kein Zurück mehr gab.

Erst jetzt, Monate später, war sein Körper auf einen Schlag in sich zusammengefallen, wie eine nutzlos gewordene Hülle, die er nicht mehr brauchte, nachdem alles zu einem Ende kommen würde, zu einem Ende kommen wie von selbst und von ganz allein, so allein wie Thomas Bergmann, der jetzt in der Finsternis saß und in Ketten auf seine Schritte wartete: kein Schreien mehr, keine Fragen und kein Bitten mehr, nur noch Winseln und Stöhnen.

Davor hatte er am Anfang die größte Angst gehabt: dass er umkehren könnte, dass er ablassen und Mitleid fühlen könnte. Aber nichts davon regte sich in ihm. Stattdessen wuchs der Hass auf ihn, sobald er Thomas Bergmann das erste Mal berührt hatte, in jener Nacht, in jenem Wald, als er dalag auf dem Weg und mit seiner aufgeschürften Hand nach seinem Bein griff. Jede Berührung legte sich als brennender Ekel auf seine Haut. Der gleiche Ekel wie bei Behrens. Der gleiche Ekel, der erst schwand unter der wachsenden Verachtung, die mit jedem Winseln noch stärker wurde, bis Behrens leblos durch das Wasser trieb.

Als er an diesem Morgen in der Dunkelheit seines Zimmers lag, spürte er keinen Ekel und keinen Hass mehr. Irgendwann tastete er sich langsam aus dem Bett, setzte die Füße auf, blieb sitzen und wartete auf den Schwindel, der nicht kam. Vorsichtig stand er auf und ging mit unsicheren Schritten in die Küche. Für jede Bewegung brauchte er unendlich lange. Erschöpft ließ er sich auf den Stuhl fallen und betrachtete, wie seine Katze schnurrend ihren Kopf in die Schüssel steckte. In der Sonne glänzte ihr Fell. Wie lange noch würde er für sie da sein können? Ihr den Abschied hinauszögern können? Das war alles, was ihn noch berührte. Ansonsten spürte er nichts mehr. Nicht einmal mehr die Erinnerung an Janosch schmerzte ihn noch.

„Janosch“, sagte er leise vor sich hin.

Dann stand er auf und ging ins Bad, zwang sich, zu duschen und sich anzuziehen, einen Tee zu machen und eine Scheibe Toast zu essen.

Gerade als er den Teller in die Spüle stellte, klingelte es an der Tür. Mit dem Geschirrtuch rieb er sich seine Hände trocken, ging in den Flur und meldete sich an der Sprechanlage.

„Kriminalpolizei, Hauptkommissar Brentano. Herr Sanders, ich möchte mich kurz mit Ihnen unterhalten.“

Taub drückte Elias Sanders auf den Knopf.

20

Ein kurzes Summen, ein Klacken und Dominik Brentano trat von der Sonne in die Kühle des hohen Hausflurs. Das einfallende Licht der sich schließenden Tür schimmerte über die stuckmarmorierten Wände, überzogen von einem Netz hauchdünner und kaum wahrnehmbarer Risse des Firnis. Neben dem Treppenportal war eine Messingtafel angebracht, die zwei Namen je Etage zeigte. Sanders wohnte im fünften und obersten Stock. Dominik Brentano ließ seine Hand über das dunkel glänzende Holz des Aufgangs gleiten, während er die Treppe nach oben stieg, vorbei an den schlanken und hohen Türen mit eingelassenem Milchglas und gusseisernen Schmiedearbeiten. Er hatte gerade den letzten Stock erreicht, als sich die angelehnte Tür auf der rechten Seite auch schon öffnete. Den Kopf leicht zur Seite geneigt, stand Elias Sanders vor ihm und sah ihn abwartend an.

„Ja?"

„Entschuldigen Sie die Störung", begann Hauptkommissar Dominik Brentano und zeigte seinen Dienstausweis. Sanders' blasses Gesicht wirkte erschöpft und müde. Unendlich müde wie die leichte Geste, mit der er ihn nach einer kurzen Vorstellung hereinbat.

„Lassen Sie uns in die Küche gehen", sagte Elias Sanders und ging den schmalen Flur entlang, den mehrere Bücherregale flankierten. Auf einer Kommode lag ein Schlüssel, dann eine Tür zu dem einzigen großen Raum: ein Bett, ein Sessel vor geöffneten Balkontüren und schließlich Bücherregale über Bücherregale.

Ob er etwas trinken möchte, einen Kaffee vielleicht oder lieber einen Tee?, fragte Elias Sanders und bat ihn, an dem Esstisch in der hellen, kleinen Küche Platz zu nehmen.

„Nein, danke", antwortete Hauptkommissar Dominik Brentano und erklärte, dass er wirklich nicht lange stören wolle. „Frau Clement hat mir von Ihrer ...", stockte er.

„Ah", blickte ihn Elias Sanders an und wandte sich wieder den Teeblättern zu, die er in einen Teekanneneinsatz löffelte. Es war, als ginge ihn nichts mehr etwas an, dachte der Hauptkommissar angesichts der Langsamkeit von Elias Sanders' Bewegungen.

„Wann genau haben Sie das Bergmann-Manuskript bekommen, Herr Sanders?"

„Das weiß ich nicht mehr ... Vielleicht vor sechs Wochen. Vielleicht auch vor acht. Ich weiß es nicht. Zeit spielt keine Rolle mehr für mich. Warum?"

„Haben Sie noch den Umschlag mit dem Poststempel?"

Elias Sanders blickte ihn jetzt mit einem leichten Lächeln an.

„Nein. Ich habe den Umschlag weggeworfen. Warum fragen Sie das, bitte?"

„Thomas Bergmann ist verschwunden."

„Oh", antwortete Elias Sanders ohne das geringste Interesse.

„Wir vermuten einen Zusammenhang mit dem Mord an Oliver Behrens."

„Ich verstehe nicht ...", entgegnete Elias Sanders und schwenkte die Kanne mit heißem Wasser aus.

„Was verstehen Sie nicht?", erwiderte Dominik Brentano.

„Wer ist dieser Behlens? Und was soll Bergmann damit zu tun haben?"

Hauptkommissar Dominik Brentano zögerte einen kurzen Moment.

„Behrens, nicht Behlens. Lesen Sie keine Zeitung? Oder Fernsehen? Radio?", fragte er und versuchte sich zu erinnern, ob er in dem anderen Zimmer ein Radio, eine Musikanlage gesehen hatte.

„Nein. Meinen Fernseher habe ich seit zwei Jahren nicht mehr. Seit einem Jahr kann ich auch keine Musik mehr hören. Und seit ich nicht mehr im Verlag arbeite, muss ich auch keine Zeitungen mehr lesen. Warum wollen Sie das wissen, Herr Brentano?"

„Oliver Behrens, mit dem Thomas Bergmann befreundet war, ist auf die gleiche Weise ermordet worden wie der Sohn in Thomas Bergmanns Manuskript."

„Ah ... ich verstehe", erwiderte Elias Sanders, stellte die Kanne und eine Tasse auf den Tisch und drehte eine Sanduhr um.

„Und jetzt vermuten Sie also", fuhr Elias Sanders langsamer fort, „dass der Täter in Ihrem Fall Thomas Bergmanns Bala-Zitat nicht literarisch, sondern ganz real zitiert haben könnte?"

„Sie kennen den Fall Bala?“

„Ja, ich fand die Geschichte so seltsam damals, ausgesprochen absurd … Und deshalb müssen Sie jetzt natürlich alles über das Manuskript Bergmanns erfahren. Wann er es geschrieben hat, wann er es geschickt hat, wer alles davon gewusst hat. Ob jemand letztlich das umgesetzt hat, was Bergmann geschrieben hat. Um ihn vielleicht verdächtig erscheinen zu lassen“, sagte Elias Sanders mit einer leichten Spur von Spott.

„Sie hätten Kriminalist werden sollen.“

„Vielleicht werde ich es ja noch“, lächelte ihn Elias Sanders an.

„Warum hat Ihnen Bergmann das Manuskript an Ihre Privatadresse geschickt?“

„Das würde mich auch interessieren. Wir kennen uns nicht persönlich. Ich mochte auch seine Bücher nie sonderlich … aber das musste er ja nicht wissen. Was er allerdings auch nicht wissen konnte: dass ich nicht mehr im Verlag arbeite. Vielleicht hatte er sich aber telefonisch nach mir erkundigt. Oder es über einen anderen Kontakt erfahren. Die Verlagswelt ist klein.“

„Warum Ihnen?“

„Es ist bekannt, dass ich lange Zeit Cheflektor bei Neussen war. Mich verbindet inzwischen eine Freundschaft mit dem Verleger. Mein Urteil könnte immer noch von Gewicht sein. Ich vermute aus diesem Grund.“

„Wie finden Sie das Buch?“

„Durchaus interessant … deshalb habe ich es Eva gegeben.“

„Warum nicht gleich dem Verleger?“

„Ich lege großen Wert auf ihr Urteil. Warum sollte ich sie übergehen? Und ob jetzt ein Buch mehr oder weniger veröffentlicht wird oder nicht …“

„Warum wollte Bergmann eigentlich den Verlag wechseln?“

„Das weiß ich auch nicht. Das Manuskript ist anders als seine bisherigen. Vielleicht, weil er nach neuen Möglichkeiten suchte?“

„Wie viel Geld verdient man mit einem solchen Buch?“

„Viele Autoren fast gar nichts, einige viel.“

„Und Bergmann?“

„Sehr viel."

„Wie viel ist das?"

„Ich vermute mal zwischen acht und zehn Prozent pro verkauftes Exemplar. Die Auflagen seiner letzten drei Bücher liegen meines Wissens inzwischen alle über fünfhunderttausend. Rechnen Sie sich's aus. Oder fragen Sie im Verlagshaus Schwarz nach."

„Darf ich Ihnen noch eine Frage stellen?"

„Aber natürlich", antwortete Elias Sanders und nahm den Einsatz aus der Kanne.

„Wo waren Sie am dreiundzwanzigsten März und zweiten April abends?"

„Das weiß ich nicht. Da aber ein Tag wie der andere ist, war ich entweder zu Hause oder noch spazieren. Ich bin aus der Zeit gefallen ...", sagte Elias Sanders noch, als ein Hustenkrampf seinen Oberkörper schüttelte.

„Soll ich Ihnen auf den Rücken ...?"

Elias Sanders winkte ab, stand auf und verschwand keuchend aus der Küche.

„Besser?", fragte Hauptkommissar Brentano, als Elias Sanders zurückkam. Noch blasser, noch fahler jetzt sein Gesicht, das von der einen Sekunde auf die andere eingefallen wirkte.

Elias Sanders nickte nur.

„Entschuldigen Sie, Herr Sanders, dass ich Sie stören musste", sagte Hauptkommissar Dominik Brentano und stand auf.

„Ich bringe Sie zur Tür", sagte Elias Sanders und gab ihm zum Abschied die Hand.

Dieses Leben war bereits der Tod, dachte Dominik Brentano und eilte mit schnellen Schritten die Stufen hinab, die durch das hohe Treppenhaus hallten. Erleichtert trat er auf die Straße. Noch einmal ließ er in Gedanken das Gespräch an sich vorbeiziehen, während er zu dem kleinen Parkplatz hinabging, den Wagen aufschloss und bei geöffneter Tür hinter dem Steuer sitzen blieb. Gerade als er den Schlüssel ins Zündschloss steckte, zeigte ihm sein Mobiltelefon den Eingang einer neuen Nachricht an:

Elias Sanders, 39, ledig, geb. 7. Juli 1970 in Köln. Dort auch aufgewachsen, Schulbesuch u. Studium der Neueren deutschen Literatur, Kunstgeschichte, Psychologie. 1999 Umzug nach Frankfurt. Volontariate in 2 Zeitungen: ‚Westdeutsche Zeitung' u. ‚Kultus'. Dann Lektor im Frankfurter Grünstein Verlag. 2003 Umzug nach Berlin. Seitdem Cheflektor bei Neussen. Bergmanns kennen ihn nicht. Sein Vater 1992 gestorben, seine Mutter 2008. Keine Vorstrafen.

21

Dass es bei Thomas Bergmann um viel Geld ging, um sehr viel, wie sich Elias Sanders ausgedrückt hatte, war nicht zu übersehen. Schon die ganze Zeit über war Bergmanns Lektor nervös gewesen, hatte sich einmal in den Sessel zurückgelehnt, dann wieder nach vorn, das eine Bein über das andere geschlagen und umgekehrt. Eine innere Unruhe ging von ihm aus, die sich in der Unordnung seines Büros widerspiegelte. In den Blättern auf dem Boden neben dem Schreibtisch, in den Stapeln von Manuskripten auf den Ablagen, den aufgerissenen Umschlägen neben dem Telefon, auf das Bernhard Jansen ständig blickte. Als wolle er jeden Augenblick zum Hörer greifen. Oder, als erwarte er einen Anruf.

Auf dem Schreibtisch lag eine Packung Aspirin, daneben ein Päckchen Zigaretten. Er wirkte ausgelaugt, trotz seiner gepflegten Kleidung, der teuren Jeans, des gebügelten Hemds unter dem knitterfreien Sakko. Wie alt er wohl war? Mitte oder doch erst Anfang vierzig? Fahrig griff Bernhard Jansen nach der Tasse und verschüttete einen Tropfen Kaffee auf den Schreibtisch. Ohne darauf zu achten, nahm er einen Schluck, stellte die Tasse ab und griff einmal mehr nach dem Päckchen Zigaretten.

„Stört es Sie?", fragte er.

„Sie können gerne rauchen", lächelte Hauptkommissar Brentano und stellte fest, dass Bernhard Jansens Hände zitterten. Wieder blickte der Lektor auf das Telefon. Seit er von dem Bergmann-Manuskript bei Neussen erfahren hatte, schien er sich kaum noch beherrschen zu können. Warum nur war er so nervös? Hatte er tatsächlich nichts davon gewusst? Oder hatte er jetzt erst erfahren, dass er Bergmann doch nicht davon hatte abhalten können, zu einem anderen Verlag zu gehen? Möglicherweise gab es dafür aber auch einen anderen Grund, dachte Dominik Brentano und fragte.

Dass man mit dem letzten Buch eines Autors wie Bergmann doch sehr viel Geld verdienen könne?

Ja, war die gepresste Antwort. Eine Posthum-Veröffentlichung lasse sich fantastisch vermarkten. Der Absatz werde wahrscheinlich immens sein.

„Mit einem toten Autor lässt sich also mehr verdienen als mit einem lebenden?"

„Unter Umständen", sagte Bernhard Jansen und blies dabei den Rauch aus.

„Und all das Geld macht jetzt Neussen?"

Bernhard Jansen blickte ihn scharf an und presste die Kiefer aufeinander. Sofern ein Vertrag bereits unterschrieben sei: ja.

Dominik Brentano zögerte.

„Herr Bergmann hat mit Ihnen also nicht über seine Absichten gesprochen, zu Neussen zu gehen?"

„Ich wiederhole es gerne noch einmal: nein, hat er nicht."

„Wie erklären Sie sich, dass Bergmann den Verlag wechseln wollte? Nach all der Zeit, die Sie zusammen … Wie lange waren Sie eigentlich sein Lektor?"

„Von Anfang an. Ohne mich gäbe es keinen Namen Bergmann", sagte er kalt.

Dass das nicht die ganze Wahrheit war, erfuhr Dominik Brentano, als er sich anschließend mit der älteren Sekretärin der Verlagsleitung unterhielt: Dass Jansen sich damals für eine Veröffentlichung von Bergmann eingesetzt hatte, aber erst durch Bergmanns Erfolg im Verlag habe Fuß fassen können, erklärte Ingrid Weiß und rückte das rote Halstuch zurecht, das sie zu einem grauen Kostüm trug. Vorher habe Jansen nur eine Teilzeitstelle gehabt. Erst nach Bergmann habe man ihm dann andere große Namen gegeben. „Allerdings …", zögerte sie.

„Allerdings?", fragte Hauptkommissar Brentano nach.

… sei es für Bernhard Jansen in den letzten anderthalb Jahren nicht so gut gelaufen. Zwei seiner neuen Autoren, für die er sich eingesetzt hatte, hätten sich nicht so gut verkauft, was noch eine Untertreibung sei. Manche hier sagen, er sei ausgebrannt, habe nicht mehr den Kick wie früher. „Wissen Sie: Das Verlagsgeschäft ist hart. Ich arbeite jetzt seit über zwanzig Jahren hier, und ich habe viele kommen und gehen sehen. Wer den Druck nicht aushält, bekommt jemand anderen vorgesetzt. Scheinbar nicht immer einen besseren. Aber um Bernhard Jansen tut es mir leid."

Was sie damit andeuten wolle?

Dass Thomas Bergmann letztlich seine Versicherung gewesen sei, erklärte sie. Thomas Bergmann habe zu Bernhard Jansen gehalten, als es für ihn eng zu werden begann. Es sei schon seltsam gewesen, dass sich Bergmann für Jansen eingesetzt hatte.

„Warum seltsam?"

Die beiden hätten sich am Anfang nicht ausstehen können, antwortete Ingrid Weiß. Aber nach dem zweiten Buch seien sie bestens miteinander ausgekommen.

„Frau Weiß, wenn ich Sie richtig verstehe: Ohne Bergmann steht Jansen bald auf der Straße?"

„Sehr wahrscheinlich", nickte sie und reichte ihm den Umschlag mit der Verlagspost für Thomas Bergmann. Frau Röschner, die sich um die Briefe für die Autoren kümmere, sei bis Montag im Urlaub. Irgendwo in den Alpen.

Das Alibi, das Bernhard Jansen genannt hatte, löste sich am Abend in nichts auf: Die Nachbarin bestätigte zwar, dass Bernhard Jansen wieder einmal irgend so was Klassisches gehört hatte, doch niemand habe auf ihr Klopfen reagiert … und die Polizei rufen? … Nein, das sei immer dasselbe. Sie führe aber jetzt eine Liste mit den Zeiten und Daten der Ruhestörung, wie es ihr die Hausverwaltung empfohlen habe: Dann könne man etwas in die Wege leiten, deshalb wisse sie auch ganz genau, dass an jenen besagten Abenden … Und überhaupt: Wie viele Flaschen er jede Woche entsorge. Sie habe einmal nachgezählt. Zwölf leere Flaschen Wein und eine leere Whiskey-Flasche!

„Sie war ziemlich aufgebracht", schloss Mark Kallwasch und fuhr fort, dass auch die Hausverwaltung auf Bernhard Jansen nicht gut zu sprechen sei: immer wieder Mietrückstände, die dann in letzter Sekunde doch noch ausgeglichen wurden, bevor man juristische Schritte einleiten konnte.

„Warum Mietrückstände? Er verdient doch?", fragte Dominik Brentano.

Vor einem halben Jahr habe man sein Gehalt gekürzt, antwortete Mark Kallwasch. Außerdem sei er geschieden, habe zwei Kinder und Unterhaltsverpflichtungen.

Wann er sich getrennt habe?

„Vor etwa zwei Jahren“, antwortete Franziska Lorenz.

„Ah“, sagte Dominik Brentano nachdenklich.

„Aber wenn Jansen Bergmann als Autor brauchte, warum sollte er ihn dann töten, geschweige denn Behrens?“, gab Franziska Lorenz zu bedenken.

„Vielleicht wusste Jansen von Bergmanns Vorhaben, den Verlag zu verlassen, und wollte es unter allen Umständen verhindern. Wenigstens noch ein Manuskript, mit dem er für sich bei Schwarz etwas hätte aushandeln können. Es kam zum Streit. Jansen war betrunken und verlor die Kontrolle. Irgendwann kam Behrens dahinter und wurde sein zweites Opfer“, überlegte Mark Kallwasch.

„Den er dann auf die Weise ermordete, die er aus Bergmanns Manuskript kannte. Warum?“, fragte Dominik Brentano.

Es folgte längeres Schweigen.

„Noch einmal zurück zu einem anderen Punkt“, sagte Dominik Brentano. „Bergmann und Jansen hatten sich nicht ausstehen können. Und plötzlich war alles anders. Weshalb? Weil Jansen etwas über Bergmann wusste? Etwas, mit dem er ihn in der Hand hatte? Vielleicht wollte Bergmann nicht mehr. Und deswegen kam es zu einem Streit. Was könnte das sein?“

„Keine Ahnung“, meinte Franziska Lorenz.

„Wir müssen einfach mehr wissen. Seht, was ihr herausfinden könnt. Wir bleiben auf jeden Fall an Jansen“, schloss Dominik Brentano die Besprechung. Es war kurz vor zwölf, als er sich mit einer Kopie des Manuskripts und den bereits veröffentlichten Büchern von Bergmann auf den Weg nach Hause machte. Morgen war Karfreitag und damit Zeit zu lesen.

22

Die dumpfen, kehligen Laute brachen ab, und der tief gewürgte Klang hob an. Lauter und lauter schwoll er an und steigerte sich nach und nach in eine laute Qual, die von den Decken und Wänden in der Dunkelheit widerhallte. Dann war es wieder still, für einen Moment, und alles begann von vorn.

Es würde kein schnelles Ende nehmen, wusste Elias Sanders. Auf jede Stille würden wieder das kehlige Schlucken folgen, das anschwellende Würgen und schließlich der lang gezogene Laut, der nach Schmerzen klang. Dieser Laut, der ihm unheimlich war, unheimlich, obwohl er ihn nicht zum ersten Mal hörte. Seine Hand tastete nach dem Lichtschalter. Vorsichtig richtete er sich auf und stieg aus dem Bett, während das Schreien nicht mehr abzureißen schien.

Sie wusste, dass er wach war, und wartete auf ihn. Ein kurzer Schwindel erfasste ihn, er stützte sich an die Tür, hielt inne und ging weiter in die Küche. Erschrocken sah sie ihn an und starrte dann auch schon wieder aufgeregt auf den Falter, den sie mit ihrer Pfote anstieß. Langsam ging Elias Sanders neben ihr in die Hocke und strich ihr über die Stirn. Es war seine Schuld. Seine Schuld, dass er vergessen hatte, das Fenster zu schließen. Der Falter war einfach hereingeflogen, hereingeflattert mit nervösem Flügelschlag. Und jetzt lag dieser Falter da, schwarz und regungslos, den einen Flügel von einer scharfen Kralle zerfetzt. Es war zu spät, dachte Elias Sanders, als er ein plötzliches Zittern, Zucken wahrnahm. Er konnte gerade noch verhindern, dass sie ihm einen weiteren Hieb versetzte. Sie sollte ihn nicht töten.

Zwischen seinen Fingerspitzen spürte er den feinen Staub der Flügel. Mit aufeinandergepressten Kiefern nahm er ein Taschentuch und drückte zu. Dann das Knacken des dünnen Panzers, der dem Druck plötzlich weich nachgab. Er würde ihn vor ihren Augen aus dem Fenster fallen lassen müssen, oder sie würde die ganze Nacht nach ihm suchen. Es war ihm, als tötete er den Falter ein zweites Mal. In einem endlosen Fall sah er ihn sich um sich selbst drehen, mit gebrochenen Flügeln, die sich nie mehr ausbreiten würden und anheben könnten zu einem Flügelschlag, fiel er tiefer und tiefer hinab durch die Schwärze der Nacht und verwandelte sich plötzlich in die Silhouette Janoschs, so wie er ihn damals, an jenem Abend gesehen hatte:

Im Licht der untergehenden Sonne, die sich in seinem Rücken brach, und mit weit ausgebreiteten Armen schien Janosch zu schweben. „Man muss sich fallen lassen, um zu fliegen", hörte er Janosch sagen, während ihm das Herz und der Atem stockten. Schritt für Schritt ging er damals ganz langsam auf Janosch zu, der sich vor dem Abendhimmel zu wiegen begann, als biege ihn der sanfte Wind, der an diesem Juniabend ging. Bei jeder Bewegung Janoschs zuckte er zusammen, bei jedem Tasten von Janoschs nackten Füßen über die schmale Balkonbrüstung. „Bleib hier, Janosch", wiederholte er immer wieder. „Bitte, bleib hier und gib mir deine Hand", versuchte er, ruhig zu bleiben, und sah Janosch vor seinem inneren Auge schon in die Tiefe fallen. Janosch, der mit seinen Armen gerade noch das Gleichgewicht halten konnte. Janosch, der reglos innehielt. Janosch, der ihm die Hand gab und in seinen Armen zitterte, bis man ihn abholte. Als er dann allein war, ohne Janosch, brach er im Badezimmer zusammen.

Keine Träne lief in dieser Nacht mehr über Elias Sanders' Gesicht. Er machte sich einen Tee, setzte sich auf den Stuhl und blickte in die Dunkelheit. Die Katze lag auf seinem Schoß.

23

Sonne. Wenigstens Sonne, dachte Dominik Brentano und spürte der Wärme auf seinem Gesicht nach, während er dalag, in der Liege auf der Terrasse, mit dem Manuskript Bergmanns in der Hand, das er neben sich legte, die Augen schloss und in das Farbspiel hinter seinen gesenkten Lidern tauchte. Dann gab er der Erschöpfung nach.

Langsam fiel er in einen Dämmerzustand, in dem er Seite für Seite des Manuskripts weiterzulesen glaubte, während sich die Worte zu Sätzen formten, bis das letzte Kapitel anbrach und er im Schatten wieder erwachte. Fröstelnd zog er die Decke um sich und versuchte, sich an das zu erinnern, was zu lesen er geträumt hatte. Es gelang ihm nicht. Nur die Seiten, die sich wie von selbst umgeschlagen hatten, standen ihm noch vor Augen.

Er kannte diesen Zustand, den er schon in der Schule gehabt hatte und immer öfter während seiner Ausbildung und seines Studiums an der Fachhochschule für Verwaltung und Rechtspflege in Berlin-Friedrichsfelde. In anstrengenden Lernphasen hatte er sich mittags ins Bett gelegt, doch statt für eine halbe Stunde schlafen zu können, fiel er in diesen Zustand, halb wach, halb schlafend, während die Exzerpte und Schaubilder heraufdämmerten, später dann die Notizen zu den Fällen, die Gespräche, und manchmal passierte es ihm auch mit Büchern. Aber nur selten konnte er sich an den geträumten Inhalt erinnern. Jedes Mal kam es ihm dann vor, als hätte er den Schlüssel zur Geschichte bereits in Händen gehalten, der ihm im Augenblick des Erwachens wieder entglitten war.

Die Terrasse lag jetzt beinahe ganz im Schatten, nur noch ein schmaler Streifen von Sonne zog sich entlang der Brüstung und leuchtete über die grünen Blätter der Oleanderbüsche und ihre hellen Blütenknospen, die sich in den nächsten Tagen oder vielleicht auch erst Wochen öffnen würden. Dominik Brentano griff nach dem Manuskript und las weiter in den etwas mehr als hundert Seiten, von denen noch knappe zwanzig vor ihm lagen.

Nach einer Dreiviertelstunde hatte er das Buch aufmerksam zu Ende gelesen. Es war kurz vor vier Uhr nachmittags. Er stand auf, ging nachdenklich in die Wohnung und suchte sich einen Pullover heraus, den er über sein weißes Shirt anzog. Mit einem schwarzen Füller, einem Notizblock und einem Glas Wasser setzte er sich draußen wieder an den Balkontisch und blickte auf das Manuskript.

Er wusste nicht mehr als zuvor. Eva Clement hatte den Inhalt ausgesprochen gut zusammengefasst. Trotzdem. Die Namen waren zu Gesichtern geworden, die Gesichter zu Personen und die Personen zu einer Atmosphäre. Es war jetzt leichter, ein Gefühl für die Parallelen zu finden, die ihm zwischen dem Manuskript und dem Leben der Bergmanns und Behrens' aufgefallen waren.

Wie die zwei Männer in Bergmanns Manuskript, waren auch Bergmann und Behrens seit ihrer Kindheit miteinander befreundet, lebten zwar nicht Haus an Haus, aber doch im gleichen Dorf, in einem kleinen Dorf in Brandenburg. Äußerliche Ähnlichkeiten fanden sich sonst nicht, und wenn er an Sarah Bergmann und Marion Behrens dachte, zeigten sich bestenfalls oberflächliche Übereinstimmungen mit den beiden Ehefrauen aus dem Roman. Das war ein weiterer Punkt, in dem sich Fiktion und Realität voneinander unterschieden, im Manuskript hatten beide Ehepaare Kinder. Einmal eine fünfjährige Tochter, einmal einen siebzehnjährigen Sohn, der die Tochter missbrauchte. Doch nur Oliver und Marion Behrens hatten einen Sohn, Daniel, der weder fünf noch siebzehn, sondern elf Jahre alt war. Die einzige weitere, aber umso auffälligere Parallele lag im Verschwinden des einen Mannes und der Ermordung eines anderen, doch auch hier gab es wieder einen deutlichen Unterschied: Im Manuskript war es der Sohn, der ermordet wurde. Im Leben war es der Vater, Oliver Behrens und nicht sein Sohn Daniel.

Sollte er also trotz aller Unterschiede den einen Schluss ziehen, der im Kern des Bergmann-Manuskripts heraufdämmerte? Sollte er tatsächlich annehmen, dass Daniel … Daniel, der elf Jahre alt war … aber von wem? Von seinem eigenen Vater, der so ermordet wurde wie der siebzehnjährige Täter in Bergmanns

Manuskript? Sollte es tatsächlich Bergmann sein, der Selbstjustiz übte und sich danach in irgendeinem See ertränkt hatte, wie es Bergmanns Roman nahezulegen schien?

Der Hauptkommissar strich sich übers Gesicht. Er zögerte angesichts dieser Vermutung, gerade weil er an die zwei Parallelen zum Fall Bala dachte: der gleiche Tathergang und die gleichen scheinbaren, mutmaßlichen Spiegelungen von Fiktion und Realität in dessen Roman *Amok*. Und diese vermuteten Spiegelungen im Fall Balas wurden jetzt noch einmal gespiegelt mit dem Manuskript Bergmanns und dem Mord an Oliver Behrens. Aber was nur von all dem hatte etwas zu bedeuten und was nicht? Was waren Zeichen und was waren keine?

Dominik Brentano stand auf, ging zur Brüstung und blickte über die Dächer Berlins im Licht der Sonne eines späten Nachmittags. Stimmen von Jugendlichen drangen herauf zu seinem Balkon, irgendwo wurde Bruckner gehört, irgendwo wurden Teller oder Schüsseln in einen Schrank geräumt. Klänge von Feiertag an diesem Freitag. Langsam glitt sein Blick über die Häuser und Gebäude. Den Funkturm sah er von hier aus nicht. Von hier aus nicht, sagte er zu sich selbst. Und trotzdem gab es ihn, auch wenn er nicht in seinem Blick lag, wie so vieles andere, von dem man nichts wusste oder das sich mit dem heutigen Stand der Forschung nicht beweisen ließ. Gab es etwas, das er in dem Fall bisher einfach nicht sah? Oder sah er das, was er sah, nur nicht auf die richtige Weise? Bernhard Jansen, das Manuskript, Sarah Bergmann – Daniel Behrens. Meist wurden die Kinder in Folge des Missbrauchs still, zogen sich zurück und zeigten einen Leistungsabfall, wusste er. Vielleicht war die Schule von Oliver Behrens' Sohn eine Möglichkeit.

Er ging hinein in die Wohnung und wählte Rebekka Lehbergs Nummer. Ungewohnt lange dauerte es, bis sie sich schließlich meldete, mit einer Stimme, die noch heiserer klang als bei ihrem letzten Telefonat.

„Nein, es geht schon … erzähl“, schluckte sie.

Möglichst klar und Schritt für Schritt fasste er den Stand der Ermittlungen zusammen und legte dann seine Überlegungen dar. Statt der gewohnten Einwände und Unterbrechungen hörte er dieses Mal aber von Rebekka Lehberg nur ein kurzes „Ja“ oder „Mhm“, unterbrochen von Husten. Er hatte gerade seine Vermutung zu Daniel Behrens geäußert, als sie ihm unvermittelt ins Wort fiel: Ja, er solle es in der Schule versuchen, sagte sie noch und erklärte, dass sie nicht mehr könne, so sehr sie auch wolle. Vielleicht gehe es ja morgen schon besser.

„Das wünsch ich dir, Rebekka“, sagte er und wollte sich noch verabschieden, als sie auch schon aufgelegt hatte. Es ging ihr wirklich nicht gut, dachte ihr Kollege.

24

Es war ein stiller und grüner Platz, wo früher eine Straße in die andere mündete und jetzt gusseiserne Marmortische und Stühle eines kleinen Cafés und Restaurants weit über die Gehwege hinaus standen. Die frisch getriebenen Blätter der Kastanien und die Gründerzeit-Ensembles strahlten eine Leichtigkeit aus, die Dominik Brentano an südfranzösische Städte erinnerte. Vielleicht lag es aber auch nur an dem kleinen Brunnen inmitten des Platzes oder an dem lindgrünen, schlanken Haus mit gusseisernen Balkongeländern. Der rissige und an manchen Stellen abblätternde Putz gab dem Haus einen angenehm morbiden Charme.

Er war ziemlich überrascht gewesen, als Luisa Mallow ihm gerade dieses Restaurant für ein Treffen vorgeschlagen hatte, das ganz in seiner Nähe war. Ohnehin war es ein Glücksfall gewesen, dass die Lehrerin nicht nur in Berlin wohnte, sondern er sie auch noch erreicht hatte. Denn eigentlich hätten sie und ihr Verlobter ja über Ostern verreisen wollen, doch dann habe sich Marcel beim Sport verletzt. „Aber Berlin ist im Frühling und Sommer ein Traum – warum unbedingt wegfahren?“, hatte sie ihre dunkel geschminkten Lider aufgeschlagen und einen Schluck Latte Macchiato getrunken. Dominik Brentano mochte sie vom ersten Augenblick an, die ihn so wenig an eine Lehrerin erinnerte: mit ihrem eng anliegenden, tief dekolletierten Kleid und den elegant übereinandergeschlagenen Beinen, während sie entspannt dasaß und seine Fragen beantwortete.

„Das ist seltsam, dass Sie das fragen“, antwortete ihm Luisa Mallow jetzt und biss sich für einen kurzen Moment nachdenklich auf ihre rote Lippe. „Es gab da tatsächlich etwas“, fuhr sie fort. „Es muss irgendwann nach den Weihnachtsferien gewesen sein. Die Kleinen sollten eine Geschichte schreiben.“

„Schon in der fünften?“, fragte Hauptkommissar Dominik Brentano erstaunt.

„Die haben Sie damals auch schreiben müssen, Herr Brentano“, bemerkte Luisa Mallow und begann zu erzählen, wie lange sie mit den Schülern geübt habe, wie viel Mühe sie sich dabei gegeben habe, wie man einen Einstieg schreibe, die Handlung aufbaue, den Schluss einleite. Dass auch alle Aufsätze, die man im Unterricht vorgelesen und gemeinsam besprochen habe, gut gewesen seien.

„Und dann kam die Klassenarbeit“, zuckten ihre Lippen. „Die Kleinen konnten auswählen zwischen einer Gruselgeschichte und einer Feriengeschichte. Es war eine Katastrophe!“

Bei den letzten Worten schaute sie ernst und nachdenklich.

„Damit meine ich nicht nur die Grammatik, die Rechtschreibung oder die Erzählweise. Das wirklich Erschreckende waren die Geschichten selbst“, sagte sie und zündete sich eine Zigarette an.

„Warum?“, fragte Dominik Brentano.

„Nehmen wir die Gruselgeschichten. Da war nichts als brutale Gewalt. Einer der Jungen schrieb von einem Massenmörder, der jungen Mädchen die Köpfe abhackte. Überall spritzte Blut aus Hälsen.“ Dabei blies sie den Rauch aus.

Hauptkommissar Dominik Brentano musste schmunzeln.

„Keine Handlung, einfach gar nichts, außer Abschlachten“, fuhr sie fort. „Bei einem anderen Jungen lief ein Taliban Amok. Geschrieben: Tallibahn. Mit einer Kalaschnikow. Geschrieben: Gallaschnigoff. Dieser Taliban also stürmte eine Schule. Aus welchem Grund auch immer. Dort schoss er alle Türken nieder. Das war seine Geschichte, die mit den Worten endete: ‚Die Schule wurde gesperrt. Im Hallenbad war es sehr schön.‘ Ich bitte Sie. Das war Themaverfehlung. Eine glatte Sechs.“

„Sie haben wirklich eine Sechs gegeben? In Deutsch? In der fünften Klasse?“, fragte Dominik Brentano verwirrt.

Aber natürlich habe sie das getan, letztlich sei man auf dem Gymnasium, sie wolle sich auch nicht vorstellen, wie das erst in Neukölln sei, bei ihr auf der Schule seien ja wenigstens Kinder von Beamten und Akademikern …

Für einen kurzen Moment wurde der Blick des Hauptkommissars schmaler.

„Können Sie sich das erklären?“, fragte sie und fuhr auch schon wieder fort, ohne seine Antwort abzuwarten. „Natürlich Fernsehen, aber trotzdem. Wäre Ihnen so etwas eingefallen?“

„Nein", stimmte er ihr knapp zu.

„Aber um auf Ihre Frage zurückzukommen, Herr Hauptkommissar. Eine Geschichte hat mich sehr betroffen gemacht. Der Junge, der sie schrieb, hatte das andere Thema gewählt: Ein Tag am Meer. Der Einstieg war ihm wirklich gelungen. Aber dann kippte es. Er erzählte von einem kleinen Jungen, der mit seinen zwei jüngeren Schwestern und seinen Eltern in Italien Urlaub machte. Niemand außer dem kleinen Jungen wusste, wie grausam der Vater war, der ihn misshandelte und missbrauchte. Dann kam ein Schiff mit Kinderhändlern. Der Vater verkaufte den Jungen. Auf dem Schiff wurden Pornos gedreht. Er schrieb wirklich ‚Porno'. Dann kam die Polizei und nahm die Männer fest. Der Junge war frei. Als er zu seiner Familie zurückkam, war der Vater verhaftet. Die letzten Worte: ‚Der Vater war eingesperrt. Die Mutter weinte nicht mehr und redete wieder. Die Ferien waren dann sehr glücklich.'"

„Oh", kam es Dominik Brentano über die Lippen.

„Genau", legte sie den Kopf schief und nahm einen weiteren Zug an ihrer Zigarette. „Mich hat diese Geschichte sehr beunruhigt."

„Das kann ich verstehen. Und was haben Sie dann gemacht, Frau Mallow?"

Dass sie keine vorschnellen Schlüsse habe ziehen wollen, dass sie aber noch am gleichen Tag eine andere Lehrerin angerufen habe, die mit der Familie des Jungen befreundet sei, seinen Vater kenne und seine Mutter: Die habe sie aber lachend beruhigt. Die Mutter sei keinesfalls traurig, die Ehe sei sehr harmonisch, und der Junge könne sich glücklich schätzen, solche Eltern zu haben.

„Trotzdem habe ich am nächsten Schultag mit dem Jungen gesprochen. ‚Ich hab deine Geschichte gelesen', habe ich gesagt. ‚Sie ist sehr grausam. Wie bist du denn darauf gekommen?' Er antwortete, dass ihm nichts eingefallen sei. Also habe er den Film erzählt, den er vor kurzem im Fernsehen gesehen habe. ‚Lassen dich deine Eltern solche Filme sehen?'

‚Nein', antwortete der Junge, ‚die waren aber nicht da. Ich konnte nicht schlafen und dann hab ich noch ferngeschaut. Bitte sagen Sie ihnen das nicht.'

Ich habe mir dann nichts weiter dabei gedacht. Den Eltern habe ich es dann in der Elternsprechstunde erzählt. Sie waren genauso fassungslos wie ich."

„Um wen handelte es sich denn?", fragte Hauptkommissar Dominik Brentano und hatte eine leise Vorahnung.

„Sie meinen den Jungen?"

„Ja."

„Ich weiß nicht, ob ich Ihnen das sagen darf."

„Sie müssen sogar."

„Daniel Behrens." Sie schaute ihn fragend an: „Hat das irgendwas mit dem Mord an seinem Vater zu tun? Das ganze Kollegium kennt nur noch dieses Thema."

„Dass kann ich Ihnen leider nicht sagen, Frau Mallow. Bitte behalten Sie die Einzelheiten unseres Gesprächs für sich."

Der Adrenalinschub war da. Sein ganzer Körper war angespannt, und er hatte Mühe, ruhig zu bleiben, auf die Kellnerin zu warten, sich zu bedanken, ein paar nichts sagende Worte zum Abschied auszutauschen.

„Ich lade Sie ein, Frau Mallow", sagte er schließlich und gab ihr die Hand.

„Danke, Herr Brentano."

Noch auf dem Weg zu seinem Wagen rief er Mark Kallwasch an und besprach sich länger mit ihm. Als er losfuhr, begann sein Kollege bereits mit den Vorbereitungen.

25

Mark Kallwasch hatte die ganze Fahrt über nichts gesagt. Etwas steif und leicht verunsichert hatte er in seiner Lederjacke auf der Rückbank gesessen, sich manchmal langsam nach vorn und wieder zurückgelehnt und dann wieder aus dem Fenster geschaut. Dabei sah Zurückhaltung Mark Kallwasch überhaupt nicht ähnlich, der sonst für jede Frau ein charmantes Lächeln hatte, ein paar lockere Worte, einen zwinkernden Blick. Offensichtlich musste Renate Kubitsch aber einen solchen Eindruck auf ihn gemacht haben, dass er fast schon verschüchtert wirkte, als er neben dem Wagen stand und mit seinem Schuh einen Stein hin und her schob. Wahrscheinlich lag es nicht nur an dem Doktortitel in Psychologie, sondern an ihrer gesamten Erscheinung: hoch gewachsen und schlank, selbstsicher und kühl.

Gelassen überprüfte Renate Kubitsch nochmals ihre Ledertasche, während sich im leichten Wind eine silberne Strähne ihres langen Haares löste, das sie sich nach hinten zu einem Zopf gebunden hatte. Trotz ihrer Ende fünfzig schien sie sich in jeder Hinsicht ihrer Ausstrahlung bewusst, dachte Dominik Brentano.

„Dann wollen wir mal", sagte Renate Kubitsch mit voller Stimme, klemmte die Tasche unter und lächelte kurz. „Wie gesagt", begann sie, zu Dominik Brentano gewandt, „sollten am besten Sie das Gespräch mit Marion Behrens beginnen." Nur wenn es ihr nötig erscheine, werde sie dann übernehmen. Und bitte alles so, wie man es besprochen habe.

Nach mehrmaligem Läuten öffnete sich schließlich die Tür, in dem das ausdruckslose Gesicht von Marion Behrens erschien: „Sie wissen, wer …?", fragte sie leise.

„Nein", antwortete Hauptkommissar Dominik Brentano und erklärte, dass man ihre Hilfe brauche. Schweigend deutete sie ins Innere und ging voran ins Wohnzimmer, wo sie die Tür zur Terrasse schloss. Ein leichtes Zucken überschattete ihr Gesicht, als Dominik Brentano Renate Kubitsch als Psychologin vorstellte.

Um was es denn gehe?

Dass sie bitte ruhig bleiben möge, dass es nichts weiter als ein entfernter Verdacht sei, der sich im Laufe der Ermittlungen ergeben habe, den man aber dennoch überprüfen müsse. Deshalb möchte auch Frau Kubitsch ein erstes Gespräch vermeiden, damit Daniel keine Rückschlüsse ziehen könne oder mehr.

„Warum Daniel? Welche Rückschlüsse?"

Ihre Brust hob und senkte sich, während sie dasaß, immer schneller schluckte und zuhörte, wie Dominik Brentano die Möglichkeit in den Raum warf, dass ihr Sohn Opfer eines Übergriffs geworden sein könnte, eines Übergriffs, der im Zusammenhang mit dem Mord an ihrem Mann stehen könnte.

„Deshalb möchten wir mit Daniel zu einem Kinderarzt."

Marion Behrens atmete tief aus und blickte ihn hasserfüllt an.

„Daniel ist draußen im Garten", sagte sie schließlich und deutete mit einer Kopfbewegung zur Terrassentür.

Vorsichtig öffnete er sie und trat hinaus auf die überdachte Loggia. Keine Spur des Jungen im Garten. Erst auf den zweiten Blick sah er die versteckte Leiter, die in ein kleines Baumhaus führte. Langsam ging er über den Rasen.

„Ist jemand zu Hause? Hier ist Dominik!", rief er nach oben.

Es raschelte, dann das Krabbeln von Händen und Knien über Holzplanken. Zögernd schaute das blasse Jungengesicht unter kurzen, blonden Haaren hervor. Die Schatten unter seinen Augen waren noch dunkler, als er sie von ihrem ersten Gespräch in Erinnerung hatte.

„Hallo, Daniel!"

Der Junge beugte sich jetzt weiter heraus. In seiner Hand hielt er eine Spielkonsole.

„Weißt du", begann Hauptkommissar Dominik Brentano, „deiner Mama geht's nicht gut. Sie muss zum Arzt. Wir möchten dich nicht allein lassen. Und vielleicht kann der Arzt ja sehen, ob du dich bei ihr angesteckt hast. Ist das in Ordnung?"

Der Junge nickte, bewegte sich aber nicht.

„Dann komm", lächelte Dominik Brentano und sah, wie Daniel Behrens mit seinen staksigen Beinen in einer kurzen Hose auf die Leiter stieg. Es war ein zarter Junge, der in Sandalen vorsichtig Sprosse für Sprosse herabkletterte. Für einen Moment spürte Dominik Brentano wieder, wie sich seine Sandalen früher angefühlt hatten: wenn er den vorderen Teil der Sohle so weit nach unten bog, bis er mit seinen Zehen den Boden berühren konnte. Das speckige Leder. Das glitschige Gefühl bei Regen. Daniel Behrens hatte die vorletzte Sprosse erreicht, von der er auf den Rasen sprang. Die Finger krampfhaft um die Konsole geschlossen, ging der Junge neben ihm her.

„Spielst du gut?“, fragte Dominik Brentano. Keine Antwort.

Auch auf der Fahrt zum Arzt sprach Daniel Behrens nur wenig, außer ein paar einsilbigen Antworten auf die Fragen seiner Mutter, die ihn umarmte und ihn an sich drückte, während der Junge auf seine Spielkonsole starrte und Knöpfe drückte. Erst in der Praxis nahm ihm Marion Behrens das Gerät aus der Hand. Dann schloss sich die schwere, ledergepolsterte Tür zum Arztzimmer.

Das Warten wollte kein Ende nehmen. Marion Behrens ging mit verschränkten Armen an den Stuhlreihen auf und ab, Kriminalkommissar Mark Kallwasch saß blass und mit wippendem Bein da, entschuldigte sich zwei Mal und trug fünf Minuten später mit seiner Kleidung den Rauch von Zigaretten ins Zimmer. Auch Dominik Brentano war nervös. Die Einzige, die ruhig blieb, war Renate Kubitsch, die immer wieder auf Marion Behrens einsprach, die ihr aber nicht zuhörte oder einen abweisenden Blick zuwarf. Schließlich öffnete sich die Tür, der Arzt hatte die Hand auf die Schulter von Daniel Behrens gelegt und schob ihn in den Raum. Das Gesicht des Arztes war entspannt und lächelte ihnen zu. Mit einem langsamen Kopfschütteln gab er ihnen das Ergebnis der Untersuchung zu verstehen.

„Ganz bestimmt nicht bis zum Äußersten“, sagte er schließlich im Arztzimmer. „Alles andere würde ich auch ausschließen. So weit man das eben ausschließen kann. Vielleicht kann Frau Kubitsch mehr in Erfahrung bringen“, schlug der Arzt vor und blickte Renate Kubitsch an, die abwägend den Kopf zur Seite legte: dass sie das im Augenblick für wenig sinnvoll halte. Wenn sich aber der Verdacht erhärte, so könne sie gerne mit dem Jungen sprechen.

Der Vorwurf von Marion Behrens schwebte in der Stille der Rückfahrt. Mark Kallwasch hatte ein Taxi ins Präsidium genommen und damit fehlte der Einzige, zu dem Marion Behrens nicht eisig gewesen war. Wenn Dominik Brentano oder Renate Kubitsch sie ansprachen, antwortete sie nur knapp und schaute weg. Umso mehr kümmerte sie sich jetzt um ihren Sohn, redete mit ihm, schlug ihm vor, in den Zoo zu gehen, nach Rügen zu fahren, zu Tante Susanna und Onkel Karsten. Aber alles, was von Daniel kam, war ein „Mhm“ oder „Weiß nicht“.

Erst als man am Haus der Behrens’ angekommen und ausgestiegen war, sich Marion Behrens wortlos umgewandt hatte und zur Tür gegangen war, drehte sich Daniel Behrens um, ließ die Hand seiner Mutter los und kam auf Dominik Brentano zugelaufen.

„Ich weiß, warum Sie mich untersucht haben.“ Der Junge blickte zu ihm auf, mit einem Gesicht, das etwas Herausforderndes hatte.

„Was du nicht alles weißt“, antwortete Dominik Brentano abwartend.

„Sie wollen wissen, ob jemand mit mir auch schon solche Sachen gemacht hat.“

Langsam ging Dominik Brentano in die Hocke, während Renate Kubitsch herantrat.

„Was für Sachen denn?“, hakte Hauptkommissar Brentano nach.

„Na, solche Sachen“, grinste der Junge, während er die Hüften vor und zurück bewegte.

„Hast du so was denn schon mal gesehen?“, fragte Renate Kubitsch.

„Ja. Bei Onkel Thomas: Der hat ’nen Jungen gefickt.“

Dominik Brentano spannte sich an.

„Wo?“, fragte Renate Kubitsch mit ruhiger Stimme.

„Im Freibad.“

„Aber das hat doch noch zu. Du schwindelst doch.“

„Es war im letzten Sommer und das Freibad war offen.“

„Wie alt war denn der Junge? So wie du?“

„Nee, viel älter. So wie auf unserer Schule die Großen.“

„Geht der Junge denn auf deine Schule?"
„Nee, geht er nicht."
„Sicher?"
„Ich schwör's."
„Wo hast du denn das gesehen?"
„In der Kabine."
„Was hast du denn in der Kabine gemacht?"
„Ich wollte mir ein Eis holen."
„In einer Kabine gibt's doch kein Eis."
„Das weiß ich doch. Ich bin doch nicht blöd. Ach, Mann, Sie verstehen überhaupt gar nichts!"
„Dann erklär's mir."
„Ich wollte ein Eis holen am Kiosk. Da war Onkel Thomas mit dem Jungen. Dann sind sie gegangen. Dann bin ich hinterhergelaufen. Und dann sind sie zusammen in eine Kabine. Und ich bin in die andere Kabine und hab unten durchgeguckt!"
„Und Onkel Thomas hat dich nicht gesehen?"
„Doch."
„Und was hat er gemacht, als er dich gesehen hat?"
„Geschimpft mit mir. Dann hat er mir ein Eis gekauft. Er sagte: Ich darf das keinem erzählen, sonst geht Tante Sarah weg und kommt nie wieder zurück. Und ich bin dann schuld."
„Und hast du es jemandem erzählt?"
„Nein."
„Sicher nicht?"
„Ganz sicher nicht. Ich schwör's. Ehrlich!"
„Hat dich Onkel Thomas in der Kabine gleich entdeckt?"
„Nein."
Der Junge verzog sein Gesicht wieder zu dem Grinsen.
„Onkel Thomas hat einen sehr großen Schwanz." Dabei schaute er Dominik Brentano an.
Renate Kubitsch ging nicht näher darauf ein und fragte ruhig weiter: „Onkel Thomas hat dann geschimpft mit dir. Was hat der andere Junge gemacht?"
„Scheiße hat er gesagt. Dann war er weg."
„Hat Onkel Thomas oder jemand anderes mit dir mal so was gemacht?"

„Nein.“
„Echt nicht?“
„Echt nicht. Ich bin doch nicht schwul. Ich will lieber mit Mädchen ficken. Bernd aus unserer Klasse hat schon mal gefickt. Ich noch nicht. Ich will jetzt auch endlich mal.“

Nur das federleichte Weiß einzelner Wolken trieb über den strahlend blauen Himmel, während Dominik Brentano die Straße entlang steuerte, vorbei an Wäldern von Kiefern. Zwischen den Stämmen dann und wann das Glitzern versteckter Seen oder größerer Teiche.

„Sind Sie sicher, dass der Junge uns die Wahrheit gesagt hat?“, fragte er und schaute zu Renate Kubitsch, die das Fenster öffnete und im Fahrtwind die Augen schloss.

„Wahrheit in Bezug worauf?“
„Dass er nicht missbraucht wurde.“
„Da bin ich mir ziemlich sicher.“
„Und die Kabinengeschichte?“
„Auch.“
„Aber wie er seine Hüften vor und zurück … so pervers. ‚Ich will auch endlich mal ficken‘ … Sind heute alle Kinder so?“

„Mhm“, antwortete sie nachdenklich. Kinder seien heute nun mal frühreifer als vielleicht noch vor zehn, fünfzehn Jahren: die Ernährung, die hormonaktiven Substanzen in Plastikflaschen und all dem Fleisch, das Fernsehen, unsere gesamte Gesellschaft. „Menschen sind immer auch das, wozu sie gemacht werden. An Kindern fällt das eben ganz besonders auf“, antwortete sie und strich sich ihr Haar glatt.

Das wusste er selbst und trotzdem hatte er einen Widerwillen gegen diesen Jungen gespürt, was er ihr sagte.

„Daniel scheint mir nicht wirklich aufgeklärt worden zu sein. Sexualität ist für ihn ein Tabu. Das kann sich in solchen Situationen kanalisieren, wie Sie sie gerade miterlebt haben.“

„Außerdem“, fuhr sie nach einer kurzen Pause fort, „ist kindliche Unschuld nichts anderes als eine der kulturellen Errungenschaften des Bürgertums. Rousseau hat eine entscheidende Rolle dabei gespielt. In der Adelswelt des siebzehnten Jahrhunderts waren Kinder kleine Erwachsene. Sie wurden angezogen wie Erwachsene, sie wurden behandelt wie Erwachsene und natürlich wurde ihnen auch eine Sexualität zugesprochen."

„Sie wollen jetzt aber nicht sagen, dass Elfjährige schon ficken sollten?"

Sie lachte auf.

„Kennen Sie *Marmite?*", fragte sie.

„Ja", antwortete er verwirrt. Sein Mund verzog sich noch immer allein bei dem Namen des Brotaufstrichs, nach dem Kinder und auch Erwachsene in England verrückt waren. Bei ihm aber hatte er einen Würgreiz ausgelöst.

„Sehen Sie", antwortete sie und zitierte Castoriadis, den sie sehr schätze: dass abgesehen von der Anzahl an Kalorien, die wir jeden Tag zu uns nehmen müssten, alles andere kulturell bestimmt sei.

Und die Konsequenz daraus sei ihrer Ansicht nach?

Dass wir uns heute glücklich schätzen könnten, um die Geschichtlichkeit und kulturelle Verwurzelung unseres Denkens, Fühlens, Wissens zu wissen. Nichts sei mehr unhinterfragt als etwas Natürliches, Unbedingtes, von Zeit und Raum Unabhängiges hinzunehmen. Das öffne viele neue Perspektiven, was uns guttue, was sich allerdings wiederum von Mensch zu Mensch unterscheiden könne. „Verstehen Sie?"

„Ich kann Ihnen folgen. Aber was meinen Sie mit ‚guttut'?"

„Mit ‚guttut' meine ich alles, was uns dabei hilft, uns und anderen Menschen keinen Schaden zuzufügen."

„Was allerdings auch ein gesellschaftlicher Wert ist. Ganz unabhängig davon, dass ‚Schaden zufügen' je nach Gesellschaft ganz anders verstanden werden kann", erwiderte Hauptkommissar Dominik Brentano.

„Aber ohne diesen einen Wert wäre es keiner Gesellschaft möglich, zwischen richtig und falsch zu unterscheiden, ganz gleich, was ‚richtig' und ‚falsch' jeweils bedeuten mögen."

Dominik Brentano stimmte ihr zu: „Vielleicht ist also diese Unterscheidung in ‚richtig' und ‚falsch' selbst der eine zentrale Wert."

„Den der Nihilismus leugnet."

„Dann hätte nichts Bedeutung, und also nicht einmal das, dass nichts Bedeutung hätte – müsste sich also der Nihilismus nicht notgedrungen durch sich selbst überwinden?"

„Sie sind ja Dialektiker … oder vielleicht Buddhist?"

Dominik Brentano lachte. „Durchschaut. Ich habe mich tatsächlich mit dem Buddhismus beschäftigt."

„Wissen Sie was: Schon seit langem hatte ich nicht mehr solche Lust, mit einem Mann ein Glas Rotwein trinken zu gehen, wie mit Ihnen. Leider haben Sie schon etwas vor heute Abend."

„Was denn?"

„Einen wunderbaren Abend mit Ihrer sicherlich wunderbaren Frau, wenn ich den Ring an Ihrem Finger betrachte. Und da weder Sie noch ich Nihilist sind, möchte ich Sie auch gar nicht fragen."

Dominik Brentano lachte auf. „Wo möchten Sie eigentlich aussteigen?"

„Ecke Friedrichstraße, Unter den Linden."

„Hat mich gefreut, Herr Brentano", sagte sie mit einem Lächeln, als er schließlich vor der genannten Kreuzung in eine Parklücke fuhr.

„Mich auch, Frau Kubitsch."

Dann öffnete sie die Tür und führte mit einer eleganten Bewegung ihre langen Beine aus der Tür. Als sie ausgestiegen war, hob sie zum Abschied kurz die Hand. Mit schnellen Schritten ging sie in die andere Richtung. Dominik Brentano fuhr los. Bei einem kurzen Blick in den Rückspiegel war sie bereits verschwunden.

26

Die Tür des Restaurants war weit geöffnet in einen kleinen Raum. Die cremeweiß und grün gestrichenen Wände lagen im warmen Kaminlicht, das trotz der milden Abendtemperaturen hinter der Glasscheibe eines schwarzen Metallofens flackerte. An einem der zwei Tische saßen drei Männer Mitte dreißig und schauten auf. Dominik Brentano erwiderte das kurze Lächeln des Kellners und ging weiter über die geschliffenen Holzdielen in einen kurzen Flur, der in einen zweiten Raum führte, der früher einmal das Wohnzimmer gewesen sein mochte. Ein schönes Zimmer, fand Dominik Brentano, mit dem zurückhaltenden Stuck und dem Fenster zu einem grünen Hinterhof.

Lars war noch nicht da. Alles andere wäre auch eine Überraschung gewesen. Zehn Minuten würde er mindestens zu spät sein. Eine Angewohnheit, die er mit Esther teilte und offensichtlich in der Familie liegen musste. An Esther hatte er sie ganz zu Anfang als künstlerisch empfunden, irgendwann als störend und schließlich hatte er sie nach sechs gemeinsamen Jahren hingenommen als etwas, was wohl nicht zu ändern war. Er schmunzelte, wählte den kleinen Tisch am Fenster, zog die Segeljacke aus und blickte auf die grünen Blätter, die sich gegen die Scheibe drückten.

Sein Glas Rotwein war bereits zur Hälfte leer, als Lars nach zwanzig Minuten hereinkam, kurz über die Tische blickte und auf ihn zukam. „Tut mir leid, Schwager", entschuldigte er sich. „Wartest du schon lange?", fragte er und zog seine Jacke aus.

Dominik Brentano schüttelte nur leicht den Kopf. „Wie war's beim Rudern?", erkundigte er sich und nahm einen weiteren Schluck Rotwein.

„Super. Könntest du zur Ablenkung auch … Du siehst müde aus."

„Das höre ich öfter zurzeit", antwortete Dominik Brentano und ging nicht weiter auf das Thema Ruderklub ein. Seit Lars dort Mitglied war, lag er ihm damit in den Ohren, wie nett die Leute dort seien, wie viel Spaß es mache. Nur wollte er nicht auch noch in seiner Freizeit sich mit irgendjemandem unterhalten müssen, den er nicht näher kannte. Lieber ging er laufen.

„Kommt mein Schwesterherz noch?“, fragte Lars und schob die Ärmel seines braunen, eng anliegenden Pullovers zurück.

„Esther muss arbeiten. Und Erik?“

„Der schläft schon. Die Kanzlei hat ihn ziemlich geschafft diese Woche.“

„Zwischen euch läuft aber alles gut?“

„Viel Arbeit, aber sonst … ja“, meinte Lars gut gelaunt. Er war wirklich glücklich, dachte Dominik Brentano und fragte ihn, ob er schon gegessen habe?

„Nein“, antwortete Lars.

„Na dann …“, meinte Dominik Brentano und schob ihm eine Speisekarte hin.

„Ich weiß schon, was ich nehme“, meinte Lars und legte die Karte zurück.

„Ich auch. Wenn schon österreichisch, dann richtig?“, grinste Dominik Brentano.

„Genau. Aber erst mal möcht ich einen Wein“, schaute er zu dem Kellner, der in diesem Moment zu ihrem Tisch kam. Ob es denn auch schon etwas zu essen sein darf?

„Das Wiener Schnitzel“, sagten beide gleichzeitig.

Als sie wieder allein waren, räusperte sich Dominik Brentano. Er habe doch nach seinem Studium ein halbes Jahr in der Berliner Schwulenberatung gearbeitet?

Lars nickte. Warum er sich denn danach erkundige?

Es gehe um einen Fall, den er zurzeit bearbeite, antwortete Dominik Brentano ausweichend. Ob es denn heute noch viele Männer gebe, die ihre Homosexualität verheimlichen und mit Frauen zusammenleben? Letztlich habe sich doch vieles geändert? Oder sehe er das falsch?

Dass das ganz darauf ankomme, antwortete Lars ausweichend. Zum Beispiel auf den Wohnort, die Erziehung, die Religion, das Alter, den kulturellen Hintergrund und so weiter. „Ich nehme an, es geht um jemanden bestimmten?“

„Intellektueller. Künstler. Verheiratet. Mitte dreißig. Hatte wohl Sex im Freibad, mit einem Jungen, der vermutlich um die achtzehn, neunzehn war."

„Weiß seine Frau davon?"

„Bis vor ein paar Stunden ganz offensichtlich nicht."

„Oh."

„Du sagst es."

„Mhm … Und warum gehst du gleich davon aus …", brach sein Schwager ab, als der Kellner das Glas Wein brachte. Lars trank einen Schluck und griff seine Frage wieder auf.

Warum er davon gleich ausgehe, dass X schwul sei?

„Stimmt. Vielleicht war er auch bisexuell."

Lars schüttelte nachdenklich den Kopf. „Möglicherweise weder noch."

„Das versteh ich nicht."

„Das Leben ist nicht so eindeutig wie Begriffe", begann Lars von seinen Erfahrungen in der Telefonberatung. Sicherlich gebe es Männer, die zwar heterosexuell leben, obwohl sie ahnen oder wissen, dass sie eigentlich homosexuell oder bisexuell sind. Allerdings gebe es auch andere Fälle: Männer, die im Prinzip ausschließlich auf Frauen stehen, die aber ab und an einen Mann interessant finden. Diese Männer seien sehr verwirrt, weil sie sich nicht sicher sind, ob sie nun heterosexuell, bisexuell oder vielleicht sogar schwul sind. „Sie können sich einfach keinem dieser drei Begriffe eindeutig zuordnen. Das muss enorm belastend sein."

Dominik Brentano war jetzt wirklich erstaunt. Es war das erste Mal, dass er davon hörte. „Und was hast du in solchen Fällen dann geraten?"

„Ehrlich zu sein, zu sich und zu den Partnern. Und sich dabei, so weit es geht, nicht um Begriffe und Kategorien zu kümmern. Weißt du, dass manche Sprachen nur zwei Grundbegriffe für Farben kennen? Für helle und dunkle? In anderen Sprachen wiederum gibt es elf Farbgrundbegriffe."

„Wirklich? Aber trotzdem können doch auch ohne entsprechende Farbbegriffe Unterschiede wahrgenommen werden, oder?"

„Es gibt Studien, die etwas anderes nahelegen. Die Himba in Namibia zum Beispiel unterscheiden in ihrer Sprache nicht zwischen Grün und Blau. Experimente zeigten, dass es den Himba schwerer fiel, dort Farbunterschiede zu erkennen, wo ein Engländer beispielsweise ganz klar grün oder blau erkannte."

„Aber auch eine Sprache mit elf oder mehr Begriffen kann niemals allen Farbnuancen gerecht werden."

„Was zeigt, dass Sprache die Welt nicht einfach abbildet, wie sie ist. Ein anderes Beispiel: Bist du treu, Dominik?"

„Ja."

„Du schaust also nie einer anderen Frau hinterher?"

„Doch …", lachte Dominik Brentano.

„Wo fängt also Treue an und wo hört sie auf? Bei einem Blick? Bei einem Kuss? Oder erst im Bett? Geht es also darum, mit dem Begriff ‚treu sein' etwas zu bezeichnen? Eine Nuance zu erfassen?"

„Nein."

„Sondern?"

„In einer Beziehung darüber zu sprechen, was für beide geht und was nicht."

„Eben. Was ich aber auch sagen will: Treue ist nicht einfach nur ein Begriff, sondern auch ein Wert, zu dem wir in unserer Gesellschaft unweigerlich in Beziehung treten müssen."

„Worauf willst du hinaus?"

„Den Farbtönen ist es völlig egal, als was sie und von wem sie bezeichnet werden. Und genauso ist es der menschlichen Fortpflanzung völlig egal, ob es Begriffe wie heterosexuell, homosexuell oder bisexuell gibt. Aber dem einzelnen Menschen eben nicht, wenn er durch solche Kategorien ausgegrenzt oder anerkannt wird. Sofern er mit der Vorstellung aufwächst, dass diese Kategorien und Wertungen etwas ganz Natürliches und Selbstverständliches seien", sagte Lars noch, als das Essen kam. Zwei riesige Schnitzel, dazu ein Gurken-Kartoffelsalat. Sie wünschten sich guten Appetit.

„Um nochmal auf X zurückzukommen", meinte Dominik Brentano und griff nach Messer und Gabel. „X muss also nicht unbedingt schwul oder bisexuell sein?"

„Nicht unbedingt."
„Ich muss aber irgendwie herausfinden, ob er noch andere Kontakte hatte."
„Das wird schwer."
„Ist es eigentlich üblich … im Freibad?"
Was schon üblich sei?, erwiderte Lars und nahm einen weiteren Bissen. Dass es ganz auf das Schwimmbad ankomme. Die Regel sei das aber nicht: eher schwule Saunen oder Parks. Und alles andere sei wie bei Heterosexuellen auch: Internetportale, Prostitution, Parkplätze, Sex-Partys, Sex-Urlaube auf Mallorca, Ibiza oder in Thailand. „Was weiß ich, was es da alles gibt."
Ob er ihm nicht eine Liste machen könne, mit angesagten Treffs hier in Berlin, fragte Dominik Brentano.
„Das wäre aber eine sehr lange Liste", antwortete Lars. „Außerdem kenn ich mich da wirklich nicht aus. Aber ich kann mich bei einem Freund erkundigen, wenn du willst. Nur mach dir besser keine Hoffnungen … Ich bin froh, dass Erik genauso tickt wie ich. Ansonsten wäre es schwierig."
„Wie lange seid ihr denn jetzt schon zusammen?"
„Nächsten Monat haben wir unser Vierjähriges."
„Das ist schön."
„Das ist es", sagte Lars und hob das Glas.
„Hat Florian denn seine Freundin noch?", erkundigte sich Lars nach Dominik Brentanos Bruder, der ein Jahr jünger war als er.
„Welche?", lachte Dominik Brentano auf und erzählte die neueste Geschichte, während er dabei den Tonfall und die Gesten seines Bruders imitierte:
„‚Und am Morgen also steht sie auf und sagt, dass sie jetzt in die Schule müsse: ein anderes Mal aber gerne wieder! Ich war fassungslos. Natürlich war sie jung, aber so jung sah sie auch wieder nicht aus.'"
„Und das dem Herzensbrecher", lachte Lars.
„Du sagst es."
Es war kurz nach zwölf geworden, als sie schließlich bezahlten, aufstanden und sich mit einer Umarmung verabschiedeten. Langsam machte sich Dominik Brentano auf den Weg nach Hause und atmete tief die Luft ein, die nach Linden duftete. Nach

dem Abend mit Lars, dem Lachen und dem Rotwein, fühlte er sich besser. Erst nach und nach kamen die Gedanken an das Manuskript zurück.

Der Tag war ein Schritt zurück gewesen, aber auch einer nach vorn: Sie hatten etwas Neues über Thomas Bergmann erfahren, das im Kern seines Manuskripts verschlossen war. Etwas, das nicht einfach direkt übertragbar war, sondern etwas, das sich in unterschiedlichen Figuren und Beziehungen immer wieder zu spiegeln schien. Vielleicht steckte in dem Täter genauso viel von Bergmann wie in dem Opfer. Möglicherweise war dieses Buch nichts anderes als Bergmanns Auseinandersetzung mit einer Schuld, für die er sich in dem Buch symbolisch selbst bestrafte. Der literarische Kindesmissbrauch war möglicherweise nichts als eine Maske. Eine Maske, hinter der sich etwas anderes verbarg. Sehr wahrscheinlich etwas Sexuelles. Ob diese Schuld mit dem Mord an Oliver Behrens zusammenhing? Was, wenn Oliver Behrens von ihr erfahren hatte: Es kam zu einem Streit, und dann brachte Thomas Bergmann ihn um. Warum dann aber auf die gleiche Weise wie in seinem Manuskript? Glaubte Bergmann wirklich, so den Verdacht von sich ablenken zu können, nach dem Motto: Warum sollte ich ein Buch schreiben, wenn ich mich damit selbst belaste?

Oder hatte sein Lektor Bernhard Jansen ihn damit in der Hand? Warum hatte sich Bergmann so eingesetzt für Jansen?

27

Das Glas Whiskey, das sie auf all den Rotwein getrunken hatte, hinterließ in ihrer Kehle ein trockenes und brennendes Gefühl, als würden ihre Mandeln von Minute zu Minute stärker anschwellen. Ihre Haut glühte. Unter den Handflächen ein feuchter Film. Langsam beugte sich Sarah Bergmann vornüber. Die Kraft, den Rücken durchzustrecken, hatte sie nicht mehr. Sie ließ sich sacken.

Alles, war ihr egal: ihre strähnigen Haare, ihr abgestandener Atem, ihre ungesunde Blässe. Einfach nur vergessen. Die Bilder vergessen, von Thomas, der einen Jungen im Freibad ... Immer hatte sie den Grund bei sich gesucht, warum sich Thomas' Berührungen so matt und entfernt angefühlt hatten. Jetzt wusste sie es.

Tiefer spreizte sie die Beine auseinander und schob ihr Becken höher zu ihm hin, der in ihrem Rücken sie an den Hüften packte, sie an sich zog und laut aufstöhnend in sie eindrang. Vergessen und sich die Bilder aus dem Kopf hämmern lassen, dachte sie und stöhnte: „Fick mich ... fick mich ... fick mich." Die Stöße wurden härter. Auf dem Kopfkissen fühlte sie die feuchte Wärme ihres Speichels, der aus ihrem geöffneten Mund tropfte. In ihrem Rücken heiserer Atem, auf ihren Hüften der Druck der Hände, die sie vor und zurück stießen, in einem intensiven und mechanischen Rhythmus, der kein Ende nahm. Nur von fern hörte sie das Aufeinanderklatschen ihrer Haut und sein Keuchen. Ein letztes ersticktes Stöhnen, das langsam erstarb. Dann kam er. Sein Griff lockerte sich. Schweigend ließ er sich zur Seite fallen. Regungslos blieb sie knien.

Erst nach einer Weile streckte sie sich aus und lag mit geschlossenen Augen da. Noch immer ging sein Atem schnell, unterbrochen von Husten. Das Klacken eines Feuerzeugs. Sie richtete sich auf, griff nach dem Slip auf dem Parkett, stand auf, zog sich den Bademantel über und verließ wortlos das Zimmer. Sie ging nach unten und zündete sich auch eine Zigarette an. Von oben drang das Klappern einer Gürtelschnalle. Kurz darauf tauchte er im Türrahmen der Küche auf und strich sich durch die Haare.

„Willst du auch noch?“, fragte sie und deutete mit der Zigarette im Mund auf die Flasche Whiskey.

Er nickte.

Sie öffnete gerade den Verschluss, als er sich räusperte.

Jetzt also war es soweit, dachte sie. Sie hatte nur darauf gewartet, wann er damit anfangen würde.

„Sarah … also wenn Thomas tatsächlich tot sein sollte … und du die Rechte an seinem Nachlass hältst, dann kann ich mich doch auf dich verlassen, dass du mir und nicht Neussen Thomas' letztes Manuskript …?“, stockte er.

Sie schenkte ein. Das Leben war so banal. Menschen so berechenbar und durchschaubar. So kaputt und erbärmlich wie sie selbst, dachte sie und sah sich selbst von außen: wie sie im geöffneten Bademantel dastand, ihm den Whiskey gab, den Rauch ausblies.

„Klar, dann bekommst du den Vertrag …“

Bernhard Jansen hob lächelnd sein Glas.

„Auf den Nachlass“, erwiderte sie sarkastisch und wusste, dass sie ihr Kind auf keinen Fall mehr bekommen würde.

28

In der Finsternis lag die Blechschüssel hingeworfen auf die gestampfte Erde. Seit Tagen war sie unberührt, und eine feine Schicht aus Staub und Schmutz hatte sich über das dünne Metall gelegt. Anhand seines Hungers hatte er abzuschätzen gelernt, wann sich die Schritte endlich wieder nähern mussten, sich die Tür endlich wieder öffnen musste: Doch alles war still geblieben.

Anfangs hatte er noch gedacht, dass ihn sein Zeitgefühl täuschen würde. Aber nach einer Ewigkeit verzweifelten Wartens, in der ihm der Hunger immer stärker Nägel in den Magen trieb, war kein Zweifeln mehr möglich gewesen: Die Zeit war lange um. Dann hatte er darauf gehofft, dass dies ein neues Spiel war. Ein Spiel mit seiner Angst, das irgendwann abgebrochen werden würde. Doch alles wurde schlimmer. Die Dunkelheit, die Feuchtigkeit, die Magenkrämpfe, unter denen er sich am Boden krümmte.

Irgendwann dämmerte ihm, dass der Fremde einfach gegangen war. Er hatte ihm wie immer die Blechschüssel und die zwei Flaschen Wasser hingestellt, die Tür hinter sich verriegelt und ihn allein gelassen, um ihn völlig ahnungslos die letzte Schale leeren zu lassen, auf die keine weitere mehr folgen würde. Mit allem hatte er gerechnet: dass man ihn finden würde, dass der Fremde ihn freilassen oder seinen Körper auf grausamste Weise foltern und ihn anschließend töten würde. Dennoch hatte er dabei immer an einen zwar qualvollen, aber schnellen Tod gedacht. Dass man ihn verhungern lassen könnte, darauf war er nicht gekommen. Selbst zwei Plastikflaschen frisches Wasser hatte der Fremde ihm bisher gebracht. Nicht einmal aus dem Wasserhahn hatte er trinken müssen. Darin lag die perfide Grausamkeit, die ihn hasserfüllt verzweifeln ließ. Man ließ ihn nicht nur einfach verhungern, sondern in dem Bewusstsein verhungern, dass er selbst seine Überlebenschancen vertan hatte. Dass er alles auf einmal gegessen hatte, statt die letzte Portion zu rationieren und wenigstens für eine gewisse Zeit die Hungerkrämpfe zu lindern.

Am Anfang hatte er die leere Schüssel noch ausgeschleckt, den letzten Krümel und den letzten feinen Staub von Müsli in sich aufgenommen. Auch nachdem die Schale blank war, tastete er anfangs mit der Zunge dann und wann über das Blech. Manchmal glaubte er, so eine letzte Geruchsspur der Körner wahrzunehmen. Aber schon nach kurzer Zeit roch er nichts mehr als die stinkende Schicht seines Speichels auf Metall. In seiner Verzweiflung versuchte er, seinen Hunger durch das braune Wasser aus dem rostigen Hahn zu stillen. Doch schon nach kurzer Zeit waren die Krämpfe wieder da und stärker als zuvor.

Irgendwann war er schließlich auch zu erschöpft, um zu verzweifeln. Dann kamen alle seine Gedanken zu einem Ende. Der Fremde und was all das zu bedeuten hatte, spielten keine Rolle mehr. Vor ihm breitete sich eine endlose Nacht aus, in der er sich dann und wann mühsam und fiebrig über den Boden zur Toilette schleppte. Den Geruch seines flüssigen Auswurfs nahm er schon lange nicht mehr wahr. Durch den Gestank und die Dunkelheit hindurch kauerte er dann seinen schlotternden Körper wieder zurück in die Ecke. Mit dem Fieber kamen die Visionen. Es waren Gesichter, denen er in seinem Leben begegnet war. Situationen, an die er seit Jahren nicht mehr gedacht hatte, spielten sich vor seinen Augen ab. Um Scham zu empfinden, war er zu schwach. Nur ein heiseres Stöhnen ächzte dann und wann aus seinem speichelverklebten Mund.

29

Sie konnte aber auch schweigen. Dann, wenn er zu lange weg gewesen war, er die Tür öffnete, sie ihn kurz anblickte, ihm den Rücken zuwandte und in ein anderes Zimmer verschwand. Erst nachdem er sie hochgehoben, in den Armen gehalten und mit ihr gesprochen hatte, begann sie wieder zu schnurren und schließlich zu gurren, während sie neben ihm herlief. Es war die Sprache, in der sie sich gegenseitig versicherten, füreinander da zu sein. Ich liebe dich. Ich liebe dich auch. Das macht mich glücklich. Aber mich doch auch! Um dagegen etwas Bestimmtes auszudrücken, miaute sie: wenn sie Freude oder Erleichterung ausdrücken wollte, zur Begrüßung, aber auch Angst, Aufregung, Ungeduld oder Ärger. Dann wurde das Miauen zu einem Knacken. Mit anderem Knacken wiederum verfolgte sie einen Vogel oder einen Schmetterling vor dem Fenster. Manchmal auch knurrte sie bei Schritten im Treppenhaus, nicht bei allen, sondern nur bei ganz bestimmten, obwohl sie niemanden aus dem Haus kannte.

Nur zwei Mal hatte er überhaupt erlebt, dass sie auch fauchen konnte. Zischend drang es zwischen ihren gebleckten Fangzähnen hervor. Ihn hatte sie nie angefaucht. Nicht einmal gekratzt hatte sie ihn in den letzten zwei Jahren mehr: Wenn sie nicht mehr gestreichelt werden wollte, oder aber an einer anderen Stelle, wies sie mit eingezogenen Krallen seine Hand zurecht. Er verstand, und sie wusste, dass er verstand. An das qualvolle Jaulen vor ihrer Sterilisation konnte er sich nicht mehr erinnern. Nur das Schreien beim Tod eines Falters hörte er manchmal noch.

Der Falter bin jetzt ich, dachte er. Wieder schnupperte sie aufgeregt an seinem Gesicht. Ihr schneller Atem an seinem Ohr. Dann stieß sie ihn erneut mit ihrem Kopf an. Mit ihrem Gesicht vor Augen dämmerte er langsam ein. Das laute Klagen ihrer Stimme verlor sich aus seinem Bewusstsein.

Immer wieder hob sie zu dem klagenden Laut an, brach ab, versuchte, ihn mit der Pfote zu bewegen, sprang vom Bett, lief in den Flur, kratzte und scharrte an der Tür, lief zurück, gab ihm einen vorsichtigen Stups mit der Pfote und schrie.

Irgendwann hörte sie fremde Stimmen und Schritte im Treppenhaus. Mit spitz aufgerichteten Ohren lief sie hin, schaute zur Tür und huschte schließlich mit angelegten Ohren in geduckter Haltung zurück unter das Bett.

Kurz darauf fand man Elias Sanders bewusstlos auf. Als man ihn auf die Trage legte, drang lautes Fauchen unter dem Bett hervor.

Der Polizist versuchte es mit der ersten der beiden Telefonnummern, die auf dem Blatt im Flur standen: Im Notfall wende man sich bitte an Frau Eva Clement, die sich um die Katze kümmern werde.

Es war Dienstag, der vierzehnte April 2009.

30

Die Feiertage, die für ihn keine gewesen waren. Die Erschöpfung nach viel zu kurzen Nächten, wenn er bis zwölf oder manchmal auch eins noch an den ausführlichen Zwischenberichten für Siebert gearbeitet hatte und zu früh am Morgen wieder aufgewacht war. Seine Gedanken, die sich ständig um die Ermittlungen drehten, um die Gespräche und die nächsten Schritte. Das auslaugende Wechselspiel nervöser Anspannung bei jedem Anzeichen eines Fortschritts und der darauf folgenden Ernüchterung, immer begleitet von dem Gefühl, um etwas zu kreisen, was im Dunkeln blieb. All das schien sich in Hauptkommissar Dominik Brentanos Gesicht abzuzeichnen, das in den letzten Tagen zunehmend schmaler wirkte, und auch blasser, mit den dunklen Locken, die er hätte schneiden lassen müssen.

Nicht einmal mehr in den kurzen Pausen, die er sich nahm, mittags beim Essen oder abends bei einem Glas Rotwein vorm Schlafengehen löste sich noch der konzentrierte und nachdenkliche Ausdruck: Kalt versuchte er jedes Gefühl zu unterdrücken, das ihn ablenken könnte. Er warf einen Blick in die Mappe vor ihm auf dem Tisch, über dessen Fläche sich helles Neonlicht spiegelte. Wieder war es still in dem Verhörraum. Nur das leise Rauschen der Lüftung und der schwere Atem waren zu hören.

Seit über einer Stunde saß er jetzt Bernhard Jansen gegenüber, der ihm immer wieder beteuert hatte: Nein, er habe nichts von dem Manuskript gewusst, und auch nicht, dass Thomas Bergmann den Verlag zu verlassen beabsichtigte. Jedes Mal noch nervöser, noch aufgeregter, während seine anfängliche Selbstsicherheit zunehmend schwand, sein bestimmter Ton sich verlor und sich schließlich Angst bemerkbar machte. Wie lange man ihn denn noch hier behalten wolle?

Das komme ganz darauf an, antwortete Hauptkommissar Brentano.

Bernhard Jansen blickte ihn eisig an, kniff die Lippen zusammen und presste die Kiefer aufeinander.

„Ich habe alle Fragen wahrheitsgemäß beantwortet."

„Vielleicht habe ich noch welche. Sind Sie nervös?“, fragte Hauptkommissar Brentano.

„Kann ich eine Zigarette rauchen?“

„Nein.“

Hauptkommissar Brentano wusste, dass die Zeit für ihn lief. Er würde einfach nur den richtigen Zeitpunkt abwarten müssen. Aber gab es denn überhaupt einen richtigen Zeitpunkt? Noch einmal ging Dominik Brentano alles in Gedanken durch. Wenn er den Knopf drückte, gab es kein Zurück mehr. Langsam lehnte er sich in den Stuhl zurück, verschränkte die Arme und betrachtete Jansen. Die Observierung von Jansen, die er am Dienstag angeordnet hatte, war ein Treffer ins Schwarze gewesen. Dabei hatte er nur eine Vermutung gehabt. Weder hatten sie eine neue Spur gefunden noch einen neuen Anhaltspunkt entdeckt. Die Blicke und Bewegungen von Jansen wurden zunehmend fahriger. Hauptkommissar Dominik Brentano beugte sich nach vorn und drückte die Sprechanlage.

„Mark, würdest du bitte?“

Kurz darauf öffnete sich die Tür des Verhörraums, in der Sarah Bergmann erschien. Wie fertig sie aussah, dachte Dominik Brentano, als sie hereintrat, in einem zu tief ausgeschnittenen Kleid, zu dünn und zu leicht, selbst im Frühling. Keinen Augenblick stockte sie in ihren Bewegungen, als sie Bernhard Jansen sah.

„Du auch hier?“, sagte sie nur mit einem leicht zynischen Lächeln zu Bernhard Jansen gewandt und setzte sich neben ihn. Ansonsten wechselten sie kein Wort. Nur ein flüchtiger Blick. Das war alles.

„Wann hat das zwischen Ihnen angefangen, Frau Bergmann?“, fragte Hauptkommissar Brentano, nachdem er ihren Namen und den Zeitpunkt der Befragung aufgenommen hatte.

Was denn angefangen haben soll?, erwiderte Sarah Bergmann und lachte kurz auf.

„Ihre Affäre?“, erwiderte der Hauptkommissar. Sein Blick wanderte dabei von ihr zu Bernhard Jansen und wieder zurück.

„Wir haben keine Affäre.“

„Wie würden Sie es dann bezeichnen?“

„Zwei kranke Menschen, die sich gegenseitig benutzen, um sich nicht gleich den Strick zu nehmen. Oder was meinst du, Bernhard?“ Mit einem Augenaufschlag blickte sie zu Bernhard Jansen.

Bernhard Jansen blies zischend Luft aus und schüttelte fassungslos den Kopf. Warum sagte sie das?, fragte sich Dominik Brentano. War es Taktik? Um davon abzulenken, dass sie und Jansen gemeinsam etwas geplant hatten, wie man Bergmann verschwinden lassen könnte? Es wirkte nicht so. Bald würde er es wissen, wenn er sie richtig einschätzte.

„Seit wann, Frau Bergmann?“, wiederholte Hauptkommissar Brentano die Frage.

„Seit Ostermontag. Herr Jansen kam vorbei, um einige Dinge, was die Bücher angeht, zu klären.“

„Wie oft haben Sie sich danach noch gesehen?“

„Zwei Mal noch. Dienstagabend und gestern Abend.“

Das stimmte mit der Observierung überein, wusste Dominik Brentano.

„Herr Jansen“, wandte sich der Hauptkommissar an den Lektor. „Ihren Telefonverbindungen entnehmen wir, dass Sie in den letzten zwölf Monaten insgesamt sieben Mal mit einer Agentur hier in Berlin telefoniert haben.“ Aus den Augenwinkeln beobachtete er die Reaktion von Sarah Bergmann. „Genauer mit einem Begleit-Service von Männern für Männer.“

Sarah Bergmann spannte sich mit einem Schlag an und blickte funkelnd zur Seite.

„Allerdings“, fuhr Hauptkommissar Brentano fort, „kannte man Ihr Gesicht dort nicht. Im Gegensatz zu Thomas Bergmann, für den Sie offensichtlich unter Ihrem Namen die Termine vereinbart haben.“

„Das ist jetzt nicht wahr“, kam es tonlos über Sarah Bergmanns Lippen, bevor es losbrach. Ein Stakkato verzweifelter Schläge ging auf Bernhard Jansen nieder, der schützend seine Arme vor Gesicht und Brust hielt und sich zusammenkauerte. „Du hast alles gewusst … ihm auch noch diese verfickten Stricher … und dann fickst du mich?“, schrie Sarah Bergmann außer sich, während Dominik Brentano aufsprang und ihre Hände zu fassen versuchte. „Vergiss den Vertrag und verreck … verreckt doch alle!“, schrie sie immer wieder, während zwei Beamte sie aus der Tür zerrten. Sie schloss sich und dann war wieder Stille.

Langsam richtete sich Bernhard Jansen auf und blickte mit leeren Augen in den Raum.

„Herr Jansen“, versuchte sich Hauptkommissar Brentano zu konzentrieren. „Um was für einen Vertrag geht es?“

Dass es sich um den Vertrag für das neue Bergmann-Manuskript handle, das er brauche, erklärte Bernhard Jansen müde.

„Sie haben große finanzielle Schwierigkeiten und im Verlag gehen Sie auf ganz dünnem Eis. Deshalb?“

„Ja.“

„Sie und Bergmann haben sich nicht sonderlich gut verstanden am Anfang. Plötzlich war alles ganz anders. Hat das damit zu tun, dass Sie von Bergmanns sexuellen Neigungen wussten?“

Was diese Suggestivfrage soll? Nein, er habe Thomas Bergmann nicht erpresst. „Auch wenn das vielleicht schwer zu verstehen ist. Thomas und ich schätzten uns. Am Anfang überhaupt nicht, später umso mehr. Thomas nahm es in Kauf, wenn ich den Terminplan einmal nicht einhielt. Dafür wusste er aber, dass ich in großen Zusammenhängen denke. Was ihm wohl wichtiger war, als dass alle um sechs nach Hause können.“

„Aber Bergmann hat nicht Ihnen, sondern Neussen das Manuskript gegeben. Warum, wenn Sie sich beide so schätzten?“

„Das weiß ich doch auch nicht“, schüttelte er immer wieder den Kopf.

„Seit wann wussten Sie, dass Bergmann …“

„… auch mit Männern ins Bett ging? Seit etwa anderthalb Jahren. Wir waren in Zürich in einem Hotel. An der Bar hatten wir ein Glas zu viel. Thomas hatte die ganze Zeit über dem Kellner nachgeschaut. Da habe ich ihn darauf angesprochen.“

„Und?“

Er sagte, dass ich richtig gesehen habe. Dass er es früher nur für eine Laune gehalten habe. „Aber nach und nach …“

„Warum hat er sich nicht von seiner Frau getrennt? Gleichgeschlechtlich zu leben ist doch heute kein Problem mehr?“

Bernhard Jansen strich sich übers Gesicht und atmete aus.

Nein, da habe er Recht: Es sei etwas anderes gewesen. Thomas Bergmann habe die letzten Jahre unter enormem Druck gestanden. Beinahe jedes Jahr ein Buch. Er habe sich ganz auf seine Arbeit konzentrieren müssen und alles vermeiden wollen, was ihn davon ablenken könnte. Eine Trennung habe er nicht auch noch gewollt. Vor allem, wenn sie an die Öffentlichkeit gezerrt worden wäre: „Sie haben Sarah ja gerade selbst erlebt. Allerdings wollte er nächstes Jahr eine Pause machen. Vielleicht wollte er dann sein Leben neu ordnen. Möglicherweise wäre das aber auch noch lange so weitergegangen. Sarah war trotz allem sein Hafen. Er mochte sie sehr. Verstehen Sie?"

„Mhm …"

„Ist das Manuskript gut?", fragte der Lektor.

Hauptkommissar Brentano nickte. „Sie kennen es wirklich nicht, oder?"

„Nein. Ich kenne es nicht."

Die Tür ging auf. Mark Kallwasch blickte herein und bedeutete ihm, dass es etwas Neues gab.

„Einen Moment", entschuldigte sich Dominik Brentano und ging hinaus auf den Flur.

„Neues von der Spurensicherung", begann Mark Kallwasch.

„Spuren von Jansen am Tatort?"

„Bis jetzt keine Spuren von ihm. Aber der Abgleich kann noch Tage dauern."

„Was dann?"

„Von Thomas Bergmann. Haare von Thomas Bergmann."

Dominik Brentano blickte ihn ungehalten an.

„Warum jetzt erst?"

„Sie haben mit der Auswertung am Fundort angefangen und arbeiten sich systematisch weiter vor. Als Nächstes kam gleich der Steg dran. Außerdem die Feiertage. Da war niemand im Labor."

„Aber Haare …?"

„Und jetzt?", fragte Mark Kallwasch und warf einen Blick zur Tür des Verhörraums.

„Ich weiß nicht – so lange wir keine Spuren von Jansen finden, wird es schwer", antwortete Dominik Brentano und ging zurück in den Verhörraum.

„Was mich interessieren würde, Herr Jansen: Sie sagten, dass Bergmann unter Druck stand. War Bergmann dann überhaupt in der Lage, neben seinen Verpflichtungen bei Schwarz an einem anderen Buch zu arbeiten?“

Dass das denkbar sei: Thomas habe trotz allem immer sehr schnell gearbeitet, habe auch mit Druck gut umgehen können. Aber die Arbeit an seinem letzten Manuskript habe sich ungewöhnlich in die Länge gezogen. Jetzt wisse er auch, warum.

„Sie können gehen“, sagte Hauptkommissar Dominik Brentano und bemerkte die Überraschung in Bernhard Jansens Blick. „Ich möchte, dass Sie in der Stadt bleiben.“

Bernhard Jansen nickte erleichtert.

31

Das Parkett schimmerte im Licht der weißen Stehleuchte. Auf dem Glastisch lagen mehrere Blätter Papier verstreut, aufgeschlagene Bücher und dünne Dossiers um den Laptop, dessen Bildschirm sich schwarz ausgeblendet hatte. Die Terrassentür war weit zur Seite hin aufgeschoben. Dominik Brentano, ein Glas Rotwein in der Hand, lehnte sich an den Rahmen und blickte hinaus in die Nacht. Dann und wann nahm er einen Schluck, während er den Himmel betrachtete, dessen Blau sich wie ein leuchtendes Netz durch die weißen Wolken zog. Das Gefühl von Tiefe, während er an der Oberfläche blieb, dachte Dominik Brentano.

Den ganzen Abend hatte er mit den Verhöraufzeichnungen zugebracht, mit den Berichten der Obduktion, den Bildern vom Tatort und den bisherigen Ergebnissen der Spurensicherung. Thomas Bergmanns Haare, die alles bedeuten konnten und nichts. Sie sagten nichts darüber aus, wie sie zum Steg gekommen waren. War Bergmann überhaupt dort gewesen? Aus welchem Grund? War er das zweite Opfer? Dann gäbe es einen dritten Täter. Warum aber sollte der Täter nach der Entführung von Bergmann zwei Wochen lang mit der Ermordung warten? Weil er Bergmann gemeinsam mit Behrens ermorden wollte? Dann stellte sich jedoch die Frage, warum man Bergmanns Leiche nicht in dem See gefunden hatte, den die Spurensicherer und Taucher sorgfältig abgesucht hatten. Wieso sollte ein Täter zwei Männer nacheinander zu einem See schleppen, in den er nur einen werfen wollte? Das machte keinen Sinn. Weshalb aber, wenn Bergmann tatsächlich Behrens ermordet hatte, griff er auf genau die Weise zurück, wie er sie in seinem Manuskript beschrieben hatte? Damit musste sich doch Bergmann unweigerlich selbst verdächtig machen. Allerdings hatte Bergmann das Manuskript lange vor seinem Verschwinden und dem Mord an Behrens geschrieben. Zum Zeitpunkt des Mordes an Behrens hatte es bereits mehrere Wochen bei Sanders und danach im Verlag gelegen. Bergmann konnte also damit rechnen, dass es bereits gelesen worden, dass es durch mehrere Hände gegangen war, und auch, dass sich der Inhalt schon innerhalb des Verlags herumgesprochen hatte. Bergmann konnte also annehmen, dass viele andere um diese Tötungsweise wussten und sich folglich ihrer hätten bedienen können.

Und genau deshalb machte er sich am wenigsten verdächtig – gerade weil er den Mord in seinem Buch beschrieben hatte. Die Polizei würde sich auf eine Verbindung zum Verlag konzentrieren und allen Spuren nachgehen, die sich irgendwann in nichts auflösen mussten. Hatte Bergmann dieses Manuskript also nur aus diesem einen Grund geschrieben und folglich den Mord an Oliver Behrens geplant? Oder war es vielmehr so: Das Manuskript hatte Bergmann bereits geschrieben und auch abgeschickt, als es zwischen den beiden Männern zum Streit gekommen war?

Dieses Manuskript wurde immer seltsamer. Punkt für Punkt fasste Dominik Brentano die Untersuchungsergebnisse des Textes in Gedanken zusammen und setzte sich an den Laptop, um den Bericht für Siebert und Rebekka Lehberg zu Ende zu schreiben. Seit fünf Tagen jetzt hielt er jeden Abend den Stand der Ermittlungen fest: erst die Fakten, dann seine Überlegungen. Bisher hatte er darin nichts weiter gesehen als zusätzliche Arbeit. Doch inzwischen begriff er es als ein Mittel, seine Gedanken zu ordnen und die Dinge klarer zu sehen. Er überlegte noch kurz, dann begann er zu schreiben:

Erstens. Bergmann ist seit seiner Kindheit an mit Behrens befreundet. Ist man dann tatsächlich in der Lage, seinen früheren Freund auf eine so grausame Weise zu töten? Was könnte einen solchen Hass auslösen? Und warum die Parallelen zu dem Manuskript?

Zweitens. Thomas Bergmanns Neussen-Manuskript unterscheidet sich von seinen bisherigen, die bei Schwarz erschienen sind. Es ist kein klassischer Kriminalroman. Wollte er neue Wege gehen? Warum aber nicht mit seinem bisherigen Lektor Bernhard Jansen? Lügt Jansen doch?

Drittens. Thomas Bergmann hat alle seine Manuskripte in allen Fassungen elektronisch archiviert. Warum aber nicht dieses eine noch unveröffentlichte? Zumindest bei Bergmanns zu Hause findet sich keine Spur.

Viertens. Bergmanns Fingerabdrücke lassen sich nur auf dem Anschreiben an Neussens früheren Cheflektor, Elias Sanders, nachweisen. Auf dem Manuskript dagegen keine: Hatte Bergmann es ausgedruckt, sich der Kälte wegen bereits Handschuhe angezogen und dann nach dem Papier gegriffen? Dann wäre das Papier zerknittert. Das ist es auch. Was allerdings nach mehrmaliger Lektüre bei Neussen nicht verwundert.

Fünftens. Das Manuskript ist definitiv auf Bergmanns Drucker gedruckt worden.

Sechstens: Die computergestützte Stilanalyse ergab eine achtundneunzigprozentige Übereinstimmung zwischen dem Manuskript und den anderen Bergmann-Romanen.

Dominik Brentano hatte gerade den letzten Satz beendet, als er hinter sich Schritte hörte. Fragend drehte er sich um und sah den besorgten Blick Esthers. Ihre Haare waren noch feucht vom Duschen.

„Es ist kurz vor drei, Dominik."

„Ich weiß."

Sie legte ihre Hände auf seine Schultern. „Du bist völlig verspannt. Du musst loslassen."

„Kannst du denn einfach loslassen?", erwiderte er.

„Ich sage nicht, dass es einfach ist …"

„Wie lässt man denn los?"

„Ich weiß nicht … Irgendwie musst du … Ich sehe dich, wie du jeden Tag arbeitest, jede Nacht. Du lächelst nicht mehr. Du bist ständig angespannt. Kannst du nicht mehr an Mark und Franziska abgeben?"

„Die arbeiten schon genauso hart wie ich."

„Aber ihr kommt nicht vorwärts?"

„Nicht wirklich … "

„Was heißt das?"

„Es ist, als suchten wir etwas, von dem wir gar nicht wissen, was es ist. Wir gehen in alle Richtungen. Wir fragen, wir ermitteln, aber ohne irgendeinen Anhaltspunkt, der uns weiterbringt. Alles verschwimmt immer wieder."

„Du läufst und läufst und bleibst doch auf der Stelle?“

„Man kann nie wissen, ob sich vielleicht nicht doch etwas zeigt …“

„Man kann darüber aber auch seine Energie verschwenden. Und irgendwann zu erschöpft sein, um die Dinge klar zu sehen, wenn sie sich plötzlich zeigen.“

„Und du glaubst, ich verschwende zu viel Energie?“

„Kommt es nicht immer auf das Maß an? Indem du keine Rücksicht auf dich selbst nimmst, erzwingst du nichts, weißt du?“

„Und was soll ich deiner Meinung nach tun?“

„Geh abends früher nach Hause, früher schlafen. Vor allem aber komm jetzt erst mal mit ins Bett“, sagte sie und strich mit ihren Fingern sanft durch seine Locken.

32

Kurz nach zwanzig Uhr war die Nachricht bei ihr eingegangen. Gut so, dachte Rebekka Lehberg und trank den letzten Schluck lauwarmen Tee. Es war jetzt der vierte Tag in Folge, dass Dominik ihr den Bericht nicht um eins oder zwei in der Nacht geschickt hatte, sondern noch am frühen Abend. Sie kannte diese Eigenschaft von sich selbst sehr gut: gegen das Gefühl von Ohnmacht anzugehen, indem man immer mehr und mehr arbeitete, um etwas zu erreichen, was sich bis zu einem bestimmten Punkt doch der eigenen Kontrolle entzog.

Nach all den Jahren im Polizeidienst und als Kommissarin achtete sie jetzt stärker auf sich. Trotzdem hatte sie dieses Mal das leichte Kratzen im Hals ignoriert. Dabei kannte sie dieses Anzeichen sehr gut. Seit ihrer Kindheit fing es auf die immer gleiche Weise an: erst eine leichte Schwellung der Mandeln, dann die Nebenhöhlen. Statt sich aber einen Tag freizunehmen, mit Salbeitee zu gurgeln und durch Kopfbäder die Nebenhöhlen frei zu bekommen, war sie ins Präsidium gegangen. Dann der Spaziergang durch den Wald, nach dem Besuch bei der Bergmann und der Behrens: Einmal war es ihr warm gewesen, dann wieder frisch im Schatten und leichten Wind. Am nächsten Tag hatte sie sich zunehmend schlechter gefühlt, hatte aber mit Kopfschmerztabletten die Pressekonferenz durchgestanden. Am Morgen darauf war dann alles zu spät gewesen.

Nur dass es so schlimm kommen würde, damit hatte sie nicht gerechnet: Seit Jahren hatte sie zum ersten Mal wieder im Bett gelegen, fiebrig vor sich hin dämmernd, mit Schmerzen bei jeder noch so kleinen Bewegung. Zum Glück hatte Anna-Lisa dreimal am Tag bei ihr vorbeigeschaut, ihr Hühnersuppe gekocht, eingekauft, war in die Apotheke gegangen, hatte aufgeräumt und das Bett frisch bezogen. Bei ihrer Schwester war es ihr egal, wie sie aussah. Sie beide hatten sich schon in ganz anderen Zuständen erlebt, in Zuständen, für die sie sich manchmal gehasst haben. Dennoch hatten sie immer zueinander gehalten, wenn es wirklich hart auf hart kam.

Anna-Lisa, die Emotionale, die sich in ihren Beziehungen immer zu verschwenden schien. Für einen Moment sah Rebekka Lehberg ihre Schwester wieder vor sich: Wie Anna-Lisa als Fünfzehnjährige hysterisch und völlig außer sich im Hausflur schrie, sich auf den Boden warf und mit den Fäusten auf die Fliesen trommelte, weil sie mit ihrem Freund nicht auf ein Konzert gehen durfte. So lange, bis ihr Vater sie an der Hand in den Garten schleifte und einen Kübel Wasser über ihr ausschüttete. Anna-Lisa aufgelöst in Tränen, aber ruhiger. Erst während ihres Studiums schien sie sich allmählich auf sich selbst zu konzentrieren.

Und sie dagegen? Die immer Kühle, Rationale, die sich ohne große Schrammen durch ihre Beziehungen manövriert hatte, Beziehungen, die kamen und gingen, so lange, bis … Milan. Es war jetzt drei Jahre her, dass sie zum ersten Mal verlassen worden war. Zum ersten Mal völlig unvermutet, und das erste Mal, dass es ihr wirklich nahegegangen war. Sehr nahe sogar, mit zweiundvierzig und nach sechs Jahren mit ihm. Seitdem war sie allein. Aber inzwischen wieder allein, ohne allein zu sein, dachte sie, stand auf, ging in die Küche und machte sich frischen Tee.

In spätestens drei Tagen würde sie wieder arbeiten. Sie setzte sich zurück an den Schreibtisch und begann Dominik Brentanos Bericht zu lesen. Wieder nichts Neues. Bernhard Jansen behielt man zwar nach wie vor im Auge, kam aber keinen Schritt weiter. Kein Hinweis, dass er sich am See aufgehalten hatte. Keine Spur von Thomas Bergmann, keine Kreditkartenabrechnungen, keine Buchungen, nichts. Abgesehen von dem Begleit-Service hatte sich bislang niemand gefunden, zu dem er Kontakt gehabt hatte. Und vor allem kein Anzeichen dafür, dass es zwischen Bergmann und Behrens zum Streit gekommen war.

Rebekka Lehberg blickte nachdenklich aus dem Fenster. Alle Möglichkeiten hatte Dominik erwogen, durchgedacht und abgewogen. Für eine neue Richtung der Ermittlungen sah auch sie keinen Ansatzpunkt. Sie zog ihre Strickjacke enger, stand auf und ging ins Schlafzimmer. Neben dem Bett lagen die Bücher Bergmanns und die Kopie des Manuskripts. Nach fünf Tagen im Bett war es ihr wieder besser gegangen. Manchmal hatte sie dann etwas gelesen, um nicht ganz untätig zu sein. Aber an das Manuskript und den ersten Roman hatte sie nur vage Erinnerungen. Immer wieder war sie über den Seiten eingeschlafen. Weitergebracht hatte es sie nicht. Trotzdem griff Rebekka Lehberg nach dem Manuskript, öffnete weit das Schlafzimmerfenster, schloss die Tür und setzte sich dann in den lederbezogenen Sessel im Wohnzimmer.

Kurz darauf stand sie wieder auf, griff nach einer Decke und kippte das Fenster. Dann las sie weiter, nahm ab und an einen Schluck Tee, schaute aus dem Fenster und wandte sich wieder dem Krimi zu. Auf Seite sieben passierte es ihr dann das erste Mal, dass sie seltsam berührt war. Es war eine Wendung, die ihr bekannt vorkam: *„Ein Sommer, der keiner war.“* Bildete sie es sich nur ein? Oder stand in einem anderen Roman nicht: *„Ein Frühling, der keiner war“*? Wo nur hatte sie es schon einmal gelesen? Sie konnte sich nicht daran erinnern, in welchem der anderen fünf Titel Bergmanns. Schade, dass er sich zu wiederholen begann. Allerdings war die Wendung sehr schön, fand sie, und machte an dieser Stelle auch Sinn, als ihre Augen auch schon weiter über die Zeilen glitten.

Nach fünf Seiten passierte es ihr dann wieder. Und beim dritten Mal wusste sie auch, wo sie einen ähnlichen Satz schon einmal gelesen hatte: *Winterglut*. Sie legte das Manuskript zur Seite, holte das Buch und schlug nach. Nach längerem Suchen fand sie schließlich die Passage. Abgesehen von dem Verb war der auffällige Ausdruck nahezu gleich. Sie hatte sich nicht getäuscht. Bergmann wiederholte sich. Lag es einfach am Druck, jedes Jahr ein Buch zu schreiben? War er einfach ausgebrannt? Oder handelte es sich um ein gezieltes Stilmittel? Eine Art Abrechnung mit seinen früheren Büchern, aus denen er etwas völlig Neues schuf im gleichen Duktus?

Bei seinen anderen Romanen war es ihr nicht aufgefallen. Allerdings hatte sie sich immer auf den Inhalt konzentriert. Sie wandte sich wieder dem Manuskript zu. Aber je mehr sie las, umso häufiger fielen ihr fast wörtliche Wiederholungen auf, die sie schließlich nach und nach zu unterstreichen begann. Anlehnungen, von denen sie nur die wenigsten zuordnen konnte. Bergmann hatte einfach zu viel geschrieben. Fünf Bücher, eintausendfünfhundert Seiten, die vor ihrem Auge umso stärker verschwammen, je mehr sie in ihnen nach Entsprechungen suchte. Sie war sich noch immer nicht sicher. Vielleicht zitierte er sich ja aus einem bestimmten Grund? Hätte sie doch nur die Texte in elektronischer Form!

Rebekka Lehberg stand auf, zog den Gürtel der Strickjacke enger und öffnete gerade die Balkontür, als sie sich plötzlich an einen der Berichte von Dominik erinnerte. War das letzten Freitag gewesen? Donnerstag? Oder Samstag? Sie ging zum Schreibtisch und überflog die ausgedruckten Seiten. Sie hatte sich richtig erinnert: Zwar fanden sich Bergmanns Fingerabdrücke auf dem Anschreiben an Neussen, aber keine auf dem Manuskript. Sollte es also möglich sein, dass ein anderer das Manuskript geschrieben hatte?, fragte sich Rebekka Lehberg, ging in die Küche und schenkte sich ein Glas gekühlten Weißwein ein. Sie spürte dem fruchtigen Geschmack nach. Ein leichtes Kribbeln schon nach dem zweiten kleinen Schluck. Sie stellte es auf die Marmorablage und ging auf den Balkon. Was also wenn Bergmann das Manuskript gar nicht geschrieben hatte? Dann hatte Bernhard Jansen auch kein Motiv mehr. Oder vielleicht ein anderes?

Trotzdem. Rebekka Lehberg biss sich leicht auf die Lippen, ging zurück in die Wohnung und griff nach dem Telefon.

33

„Und jetzt vermuten Sie also“, erinnerte sich Dominik Brentano an die Stimme von Elias Sanders, „dass der Täter in Ihrem Fall Thomas Bergmanns Bala-Zitat nicht literarisch, sondern ganz real zitiert haben könnte?“ Die Frage aber war, wer wen zitiert hatte, dachte Dominik Brentano nicht zum ersten Mal.

„Der Film fängt an“, rief Esther laut aus dem Wohnzimmer.

Dass er gleich da sei, antwortete Dominik Brentano, legte die Papiere in eine Mappe, die Dossiers auf einen Stapel, stand auf und ging ins Wohnzimmer. Esther lag bereits auf der breiten Couch. Lächelnd hob sie die weiße Decke an, unter die er sich neben sie legte. Er hatte den Film bereits gesehen, stellte er fest.

„Bitte nicht auch noch im Fernsehen. Läuft denn nur dieser Krimi?“, fragte er.

„Ach, komm schon. Ich kenn ihn nicht. Bitte“, sagte sie und vergrub ihr Gesicht an seinem Hals.

„Wenn du willst“, gab er nach und drückte sie an sich. Auch wenn es sich um einen Krimi handelte, konnte er wenigstens abschalten. Er mochte die kühle Atmosphäre des Films, die blauen und grauen Farbstimmungen, die Kommissarin, die nach außen so kalt schien und gebrochen war durch ihren persönlichen Schicksalsschlag, bei dem sie Sohn und Mann verloren hatte. Dieser Fall sollte ihr letzter sein. Sie würde auch noch ihre Assistentin verlieren, die für sie zu einer Tochter geworden war.

Am Ende des Films sagte keiner von ihnen etwas. Schließlich räusperte sich Esther und blickte ihn fragend an: „Also hat die junge Polizistin den Trainer umgebracht, der die Tochter ihrer besten Freundin missbraucht hat?“

Dominik Brentano nickte.

„Aber sie ist ja selbst missbraucht worden von ihrem Vater. Statt ihren Vater zu töten, hat sie dann aber den Trainer ermordet und anschließend sich?“

„Genau.“

„Mhm …“, seufzte Esther nachdenklich. „Also eine Art Stellvertretung.“

Was sie da gesagt habe?, fragte Dominik Brentano.

„Eine Art Stellvertretung. Weil sie sich an ihrem Vater nicht rächen konnte, tötete sie den Trainer und dann sich." Sie schaute ihn an. „Was hast du plötzlich, Dominik?"

„Nichts", schüttelte Dominik Brentano nachdenklich den Kopf und richtete sich auf.

Wo eigentlich die Zigaretten seien?

„In der Schublade in der Kommode. Willst du wirklich eine rauchen?"

„Ja", antwortete Dominik Brentano, stand auf und suchte nach dem Päckchen. Ein Schwindel erfasste ihn, als er auf der Terrasse den ersten Zug nahm. Dann spürte er das Gefühl, als schwebe er ganz leicht über dem Boden, so wie seine Gedanken, die um eine Möglichkeit kreisten, an die er bisher nicht gedacht hatte. Er drückte die Zigarette aus, ging ins Wohnzimmer und griff nach dem Telefon. Als er Rebekka Lehbergs Nummer gewählt hatte, war besetzt. Er legte auf und versuchte es noch einmal. Auch beim dritten Mal war besetzt. Es war halb zwölf. Vielleicht war sie ja schon im Bett und hatte das Telefon stumm geschaltet? Ob er stattdessen Mark anrufen sollte? In diesem Augenblick leuchtete die Anzeige mit Rebekka Lehbergs Nummer auf.

„Ich hab dich die ganze Zeit versucht ...", fing sie an.

„Ich dich auch ..."

„Dann haben wir wohl beide gleichzeitig ... Dominik, mir ist da was aufgefallen", begann sie und erzählte von den auffallenden Wiederholungen und wörtlichen Anlehnungen in dem Bergmann-Manuskript, die zumindest an der Autorschaft Bergmanns Zweifel aufkommen ließen.

„Angenommen, jemand anderes hat das Manuskript geschrieben, um den Verdacht auf Bergmann zu lenken. Dann ergeben alle Widersprüche plötzlich einen Sinn."

„Nicht ganz. Zum Beispiel finden sich Bergmanns Fingerabdrücke nur auf dem Anschreiben. Dabei wäre es für den Täter ein Leichtes gewesen ..."

„... sie auch auf ein paar Manuskriptseiten zu hinterlassen, um so Bergmanns Autorschaft außer Zweifel zu ziehen. Warum hat es der Täter also nicht getan?"

„Weil er Angst hatte, Bergmann könnte das Manuskript zerreißen?"

„Er hätte Bergmann irgendwie bewusstlos ..."

„Allerdings: Mit Fingerabdrücken würden wir uns die Frage vielleicht gar nicht stellen."

„Also doch Bergmann, der den Verdacht von sich ablenken wollte?"

„Oder doch der unbekannte Dritte?"

„Dann sind wir wieder so weit wie am Anfang", bemerkte Rebekka Lehberg. „Wir haben nirgends ein Motiv."

„Dann lass uns jetzt auf andere Weise ansetzen – beim Manuskript."

Nach und nach spielten sie alle Möglichkeiten durch: Wenn es Bergmann geschrieben hat, wenn es Bergmann nicht geschrieben hat, wenn Bergmann der Täter war und wenn nicht und vor allem auch, wenn Neussen nicht der einzige Verlag war, an den man es geschickt hatte.

„Aber bei Neussen hatte niemand eine Verbindung zu Bergmann", gab Rebekka Lehberg zu bedenken.

„Keine unmittelbare. Aber angenommen, jemand bei Neussen kannte jemanden, der ein Motiv hätte, Bergmann zu töten", fuhr Dominik Brentano fort und erzählte von dem Film, den er mit Esther gesehen hatte.

„Und wenn dieser jemand bei einem anderen Verlag ist?", erwiderte Rebekka Lehberg.

„Kann sein. Aber Neussen ist im Moment unsere einzige Chance."

„Wir brauchen mehr Leute, um das Umfeld zu durchleuchten."

„Ich rufe gleich Mark und Franziska an, damit sie morgen früh sofort alles vorbereiten."

Mit den wenigen Worten, die sie noch zum Abschied tauschten, wussten sie beide, dass etwas sie erfasst hatte, das sie beide sehr gut kannten. Es war Adrenalin.

34

Er drehte sich ein weiteres Mal um und schloss die Augen. Seit drei Stunden wandte sich Dominik Brentano von der einen Seite auf die andere, versuchte vergeblich, zu schlafen oder sich doch wenigstens etwas auszuruhen, zu erholen, zur Ruhe zu kommen. Es gelang ihm nicht. Seine Gedanken fieberten in einer Endlosschleife dem Morgen entgegen.

Schließlich gab er auf, stand auf und zog sich seine blauweiß gestreifte Leinenhose über die Shorts, einen Pulli über das Shirt und ging hinaus auf den Balkon. Die Luft war kühl. Tief atmete er ein und blickte über die Brüstung hinab auf die von Bäumen gesäumte kleine Straße. Langsam streckte er sich und wusste in diesem Augenblick, dass er in dieser Nacht nicht mehr zurück ins Bett gehen würde. Leise schlich er sich ins Schlafzimmer, holte sich frische Wäsche, duschte und schrieb für Esther eine kurze Notiz, dass er schon im Präsidium sei.

Bei seiner Ankunft auf dem Parkplatz dämmerte es bereits. Der frühe Morgen lag im Gesang tausender Vögel, als er die Tür seines Wagens schloss und zu dem mehrstöckigen Gebäude ging. In seinem Büro machte er sich einen Kaffee und setzte sich an die Planung, die er gerade abschloss, als Franziska Lorenz und Mark Kallwasch ankamen. Gemeinsam gingen sie die einzelnen Schritte durch und bereiteten die Besprechung vor, die auf neun Uhr angesetzt war. Über fünf Leute allein waren dann damit beschäftigt, absatzweise Satz für Satz aus dem Manuskript auf Entsprechungen in den anderen Romanen Bergmanns zu überprüfen. Fünf andere versuchten, so viel wie möglich über die Neussen-Mitarbeiter herauszufinden: Lebenslauf in allen Details, Beziehungen, Bekannte. Die gesamte Abteilung vibrierte unter nervöser Anspannung, die sich in den konzentrierten Gesichtern zeigte, in dem konstanten Rauschen der Gespräche, dem Läuten der Telefone, den schnellen und hektischen Schritten auf den Fluren und in den Räumen. Eine Spannung, in die Mark Kallwasch zwei Stunden später die Tür zu Dominik Brentanos Büro aufriss.

„Ich glaube, wir haben was", begann er. Elias Sanders, Neussens früherer Cheflektor, sei vor einem Dreivierteljahr umgezogen. Unter seiner früheren Anschrift jedoch sei auch ein Janosch Riemann gemeldet gewesen, dessen neue Anschrift auf seine Schwester laute: eine Hannah Riemann, mit der er soeben gesprochen habe. „Janosch Riemann und Elias Sanders waren sieben Jahre lang ein Paar. Und dieser Janosch Riemann ist ...", machte Mark Kallwasch eine Pause.

„Jetzt sag schon", drängte Dominik Brentano scharf.

„Janosch Riemann ist auf die gleiche Schule gegangen wie Bergmann und Behrens." Alle drei hätten auch im gleichen Ort gelebt.

Wo Janosch Riemann jetzt sei?

„In einer psychiatrischen Klinik, in der Nähe von Berlin."

„Warum?"

„Akuter schizophrener Schub, sagt seine Schwester."

„Dann lass uns gehen", antwortete Dominik Brentano und griff nach der Segeljacke, die er im Gehen überwarf.

Die psychiatrische Klinik war ein helles und freundliches Gebäude im neoklassizistischen Stil, das etwas mehr als eine halbe Stunde Autofahrt außerhalb von Berlin lag. Im leichten Wind rauschten die zitternden Blätter der hohen Pappeln, die den großzügigen Sandplatz vor dem Eingangsportal säumten. Es war ein friedlicher Ort, der allein durch die Sicherheitstüren nach dem Empfang ein anderes Gesicht zeigte. Wäre der Geruch von Krankenhaus nicht gewesen, hätte man danach wieder an ein Hotel denken können. An den Wänden hingen großformatige, abstrakte Malereien. Manche der Flure waren zur einen Seite hin vollständig verglast und gaben den Blick frei in eine parkähnliche Anlage, in der schmale Kieswege an einzelnen Bänken vorbeiführten. Die junge Pflegerin vor ihnen begleitete die beiden Kommissare eine Treppe hinauf, dann einen weiteren Gang entlang, noch einmal um eine Ecke, bis sie schließlich vor einem Zimmer stehen blieb. Die Tür war bereits geöffnet. Der für Janosch Riemann zuständige Arzt kam mit einem freundlichen Nicken auf sie zu.

„Dr. Brandtner", stellte er sich vor und gab ihnen die Hand. Ein weicher und gleichzeitig fester Händedruck. Es gehe also um Herrn Riemann, fragte der Arzt und deutete mit einer Handbewegung in sein Arztzimmer, das zurückhaltend eingerichtet war: mehrere Bücherregale, ein Schreibtisch mit einer Metallplatte auf einer Edelstahlkonstruktion, zwei Stühle, einige niedrige Aktenschränke.

„Ja", antwortete Hauptkommissar Dominik Brentano und nahm mit Mark Kallwasch vor dem Schreibtisch Platz. Dr. Brandtner folgte Dominik Brentanos Ausführungen aufmerksam, lehnte sich ruhig nach vorn und antwortete schließlich:

Nein, den einzigen Besuch, den Herr Riemann erhalten habe, sei seine Schwester gewesen. Und Briefe an Herrn Riemann? Nein, auch nicht.

Ob Herr Riemann in seiner Therapie einmal den Namen Thomas Bergmann oder Oliver Behrens erwähnt habe?

Herr Riemann erwähne nur selten Namen, erwiderte Dr. Brandtner, ohne besondere Regung in seinem Gesicht. „Sie verstehen, dass ich ohne Beschluss der Staatsanwaltschaft keine …"

Dominik Brentano nickte. Es handle sich aber um eine Ausnahmesituation. Es gehe um Mord.

Der Arzt antwortete nicht.

„Herr Riemann hat einen akuten schizophrenen Schub?"

„Das hat Ihnen wohl schon seine Schwester erzählt."

„Wodurch werden solche Schübe ausgelöst?"

Stresssituationen, war die Antwort. Zum Beispiel Trennung. Zum Beispiel Umzug. Um nur zwei Beispiele zu nennen.

„Wie kommt es überhaupt zu der Krankheit?"

Dr. Brandtner lächelte. Es gebe viele unterschiedliche Theorien, viele Ansätze, die man heute aber zunehmend zusammenzuführen versuche.

„Gab es denn bei Herrn Riemann ein bestimmtes Ereignis, das im Zusammenhang mit seiner Erkrankung stehen könnte?"

Dr. Brandtner sagte nichts.

„Wir brauchen Ihre Hilfe. Ihre schnelle, unbürokratische Hilfe." Dominik Brentano zog die Augenbrauen zusammen und blickte den Arzt eindringlich an: „Herr Dr. Brandtner, bitte." Der Arzt öffnete nachdenklich einen Schrank und zog eine Mappe heraus. Er schlug sie auf, suchte nach etwas und nahm mehrere Blätter heraus, die er vor sich legte. Herr Riemann mache nur sehr langsam Fortschritte. Es sei nahezu unmöglich, im Moment an ihn heranzukommen. Geholfen habe ihm aber eine Geschichte, die Janosch Riemann vor fünf Jahren geschrieben habe. Herr Riemanns früherer Freund, Elias Sanders, habe sie der Klinik zukommen lassen, sagte er und blickte auf die Blätter vor sich.

„Entschuldigen Sie, ich muss dringend nach einem Patienten sehen“, sagte er und stand auf. Kaum hatte Dr. Brandtner die Tür hinter sich geschlossen, als Dominik Brentano nach den Blättern griff und mit Mark Kallwasch die ersten Worte zu lesen begann: „Freihändig fuhr er ...“

35

Freihändig fuhr er auf der schmalen und rissigen Landstraße durch die trockene Hitze. Dann fasste er wieder nach der Stange, verlagerte abwechselnd sein Gewicht von der einen zur anderen Seite und fuhr im Slalom. Sein schulterlanges Haar wirbelte im Wind. Immer schneller trat er in die Pedale, richtete seinen Oberkörper schließlich auf und ließ sich rollen. Rollen mit ausgebreiteten Armen. Die gesamte Strecke von etwas mehr als zehn Kilometern von seinem Dorf zum See legte er so zurück. In ihm nichts als Glück: unbeschwert und frei von all dem, an was er nicht denken wollte. Auch an seine Träume nicht. Vor allem an seine Träume nicht.

Was mit ihm war, konnte er sich selbst nicht erklären. Alles, was er wusste: dass er anders war als die anderen. Nicht so kräftig. Nicht so weit. Nicht so erwachsen. Ja, es war das, was er wollte, sagte er sich manchmal: genauso erwachsen aussehen. Aber all diese Gedanken lagen jetzt weit hinter ihm, als er abbremste und von der engen Landstraße in einen schmalen Waldpfad einbog, der durch die hohen Kiefern hindurch zu einem der Seen führte.

Er musste absteigen und sein Fahrrad das letzte Stück neben sich herschieben. Überall lagen im Sand kleine Kiefernzapfen, von denen er dann und wann einige aufhob und in die Tasche steckte. Auch wenn am größten der Seen nur wenige schwimmen gingen, so wollte er an den kleineren, abgelegeneren: Dort war er meist für sich.

Nach fünf Minuten hatte er seinen Platz erreicht, der nicht direkt am Ufer lag, das flach in den See führte, sondern unter den Bäumen, wo er mit seinen Wachsstiften im Block malte und durch die knorrigen Äste und dunkelgrünen Nadeln hindurch in den Himmel schauen konnte. Manchmal schlief er auch ein. So auch an diesem Tag.

Wach wurde er erst wieder durch den Rucksack, der neben ihn auf den Boden geworfen wurde. Erschrocken blickte er in die zwei Gesichter, die ihn angrinsten. Sie waren aus der elften. Nervös richtete er sich auf.

„Na, wen haben wir denn da? … Rutsch ma'“, sagte der eine, strich sich sein langes Haar hinter das Ohr und setzte sich neben ihn. „Braucht dir doch nicht peinlich zu sein“, fügte er hinzu und stupste ihn dabei mit der Schulter leicht an.

Der mit den kurzen Haaren setzte sich jetzt dazu und kramte aus seinem Rucksack Zigaretten. „Was soll ihm peinlich sein?“, fragte er, holte Zigaretten raus und zündete sich eine an.

„Hab vor kurzem in der Umkleide meine Boxershorts vergessen. Bin dann zurück und hab den Kleinen dabei erwischt, wie er an ihr schnupperte …“

Der Kurzhaarige lachte und schüttelte den Kopf. „Ist jetzt nicht dein Ernst, oder?“

„Hab ich nicht“, antwortete der Junge und versuchte, ganz langsam aufzustehen. „Ich muss nach Hause.“

„Nee, musst du nicht“, fasste der mit den langen Haaren ihn an der Hand und zog ihn zurück aufs Handtuch. Steif blieb der Junge sitzen.

„Wir unterhalten uns jetzt mal von Mann zu Mann.“

Der Langhaarige zündete sich jetzt auch eine Zigarette an, nahm einen Zug und blies den Rauch in das Gesicht des Jungen. Der Junge rieb sich die tränenden Augen und hustete. Wegrennen konnte er nicht. Er musste warten.

„Hast ja 'n hübsches Gesicht. Für 'n Mädchen“, sagte der Langhaarige leise.

„Willste auch mal probieren, Kleener?“

Der Junge schüttelte den Kopf.

„Na dann halt nicht. Willste lieber wieder Schnuppern, was?“ Seine Stimme klang schärfer und gereizter. Der Kurzhaarige lachte.

Der Junge wusste, dass er weg musste. Aber noch bevor er aufspringen konnte, wurde er zu Boden gedrückt. Seine Arme auf den Boden gepresst. Verzweifelt versuchte er sich zu wehren, aber er war zu schwach.

„Halt du ihn mal …“

Dann sah der Junge, wie der Langhaarige seine Jeans öffnete, sie auszog und auch seine Boxershorts, die man ihm im nächsten Augenblick ins Gesicht drückte. An dem verschwitzten Stoff war ein seltsamer Geruch nach Eisen, wie in alten Waggons der Regionalbahn.

„Jetzt lass schon“, sagte der Kurzhaarige. „Der Kleene hat genug.“

„Nee, genug hat der noch lange nicht“, sagte der andere kalt, zog die Shorts des Jungen nach unten, packte ihn an den Hüften und drehte ihn auf den Bauch.

Dann fing es an. Schließlich ein stechender Schmerz, bei dem es ihm für einen kurzen Moment schwarz vor Augen wurde. Irgendwann spürte er nichts mehr.

Als die Ewigkeit aufhörte, war sein Körper taub. Regungslos und gekrümmt blieb er mit tränenverschmiertem Gesicht liegen. Durch Tränen hindurch sah er die seltsam verzerrten Gesichter der beiden, die plötzlich still waren und nichts mehr sagten, außer:

„Wenn du deinen Mund nicht hältst, dann …!“, hörte er noch, als es dunkel wurde um ihn. „Dir glaubt ohnehin keiner.“

Als er wieder aufwachte, dämmerte es bereits. Mühsam schleppte er sich zum Wasser und begann sich zu waschen.

Seiner Mutter und Schwester sagte er nichts. Auch nicht von den anderen Malen in diesen Sommerferien, als der Langhaarige ihn abpasste. Danach hörte alles wieder auf. In der Schule gingen die beiden ihm aus dem Weg oder wandten sich zur Seite, wenn sie in ihren neuen Jeans und gebügelten Hemden in der Raucherecke standen und dabei ihre neuen Freundinnen noch etwas fester an sich drückten.

Noch Jahre dauerte es, bis er wieder mit der Bahn fahren konnte, und möglich war es ihm erst, nachdem die alten Züge durch neue ersetzt waren, die nicht nach Eisen rochen.

36

Dominik Brentano atmete tief aus und hatte gerade die Blätter zurückgelegt, als Dr. Brandtner laut mit einer Schwester vor dem Zimmer sprach. Dann wurde die Tür geöffnet.

„Herr Dr. Brandtner", begann Hauptkommissar Dominik Brentano. „Sie haben eine Geschichte erwähnt. Kommen in dieser die Namen Thomas Bergmann und Oliver Behrens vor?"

„Wie gesagt, es ist nichts als eine Geschichte, in der auch keine Namen genannt werden."

„Bitte lassen Sie mich kurz mit Herrn Riemann sprechen."

„Er wird Ihnen nicht antworten."

„Nur einen Versuch, bitte."

Der Arzt blickte auf, legte die Mappe zur Seite und lehnte sich zurück. „In Ordnung", sagte er zögernd und stand auf. Er führte sie durch mehrere Gänge, die immer wieder durch bruchsichere Glastüren gesperrt waren. Nach der vierten blieb Dr. Brandtner vor einem Zimmer stehen, entschuldigte sich kurz und kam nach einigen Minuten zurück auf den Flur. „Sie können", sagte er, öffnete die Tür jetzt ganz und ließ die beiden Kommissare herein. In einem Sessel vor dem Fenster saß Janosch Riemann und blickte abwesend in den Park hinaus. Wie jung er aussah, dachte Dominik Brentano und blickte fragend zu dem Arzt, der ihm zunickte.

„Entschuldigen Sie, Herr Riemann. Ich bin Hauptkommissar Brentano und das ist Kriminalkommissar Kallwasch", stellte er sich vor. „Wir brauchen Ihre Hilfe."

Langsam wandte Janosch Riemann seinen Kopf zu ihm. Ein Lichtstrahl fiel auf sein Gesicht, der seine Augen in einem irisierenden Grün aufblitzen ließ. Es war ein durchdringender Blick, der im gleichen Moment seltsam fern schien.

„Nur ein paar Fragen. Sie sind auf das gleiche Gymnasium gegangen wie Thomas Bergmann und Oliver Behrens?", versuchte Dominik Brentano einen Anfang zu finden.

Janosch Riemann antwortete nicht, blickte ihn nur weiter an, abwartend, mit dem unheimlichen Ausdruck seiner Augen. Kein Gefühl spiegelte sich in seinem Gesicht.

„Haben Sie Elias Sanders von Thomas Bergmann und Oliver Behrens erzählt?“, fragte Dominik Brentano und wich zurück, als sich Janosch Riemann plötzlich bewegte. Eine kleine Bewegung seiner Arme, die sich langsam öffneten. Dann stand Janosch Riemann auf und streckte seine Arme immer weiter von sich weg.

„Thomas hat mich zu fliegen gelehrt. Niemand kann es besser. Er hat mir die Flügel gebrochen. Dann konnte ich fliegen“, flüsterte er leise und begann, seinen Oberkörper mit ausgestreckten Armen von der einen Seite zur anderen zu wiegen wie ein gefallener Engel.

37

Im Sturzflug trieb eine Gruppe schwarzer Krähen über den Platz, zog mit lautem Krächzen vor den Pappeln steil nach oben, wendete und flog wieder mit weit gespannten Schwingen in Kopfhöhe über den Boden. Mark Kallwasch und Dominik Brentano waren am Eingangsportal der Klinik stehen geblieben und blickten auf die schwarzen Vögel, deren Flügelschlag sie in der Luft glaubten spüren zu können. Dominik Brentano blickte noch immer in die Richtung, in die sie gezogen waren, als sich Mark Kallwasch räusperte.

„Wir dürfen keine Zeit verlieren", sagte Hauptkommissar Dominik Brentano und bat Mark Kallwasch, mit der zuständigen Dienststelle in Berlin-Schöneberg zu telefonieren: dass sofort Kollegen von der Streife bei Elias Sanders vorbeifahren, ihn vorläufig festnehmen und umgehend aufs Präsidium bringen.

Keiner von ihnen sprach auf der Rückfahrt nach Berlin ein Wort. Mark Kallwasch öffnete das Fenster und blickte gedankenverloren in die Landschaft. Sie hatten gerade die Stadtgrenze von Berlin erreicht, als das Telefon klingelte. Elias Sanders habe man nicht bei sich zu Hause angetroffen, jedoch von einem Nachbarn erfahren, dass er vor einigen Tagen mit dem Notarztwagen abtransportiert worden sei. Inzwischen wisse man bereits, dass Elias Sanders in der Charité liege, wo er in ein künstliches Koma versetzt worden sei, aus dem man ihn jedoch im Laufe des Tages zurückholen werde. Frühestens morgen sei er vernehmbar. Dominik Brentanos Gesichtsmuskeln spannten sich an.

„Scheiße!", fluchte der Hauptkommissar, holte mit flach ausgestreckter Hand zu einem Schlag auf das Armaturenbrett aus und hielt knapp darüber inne.

„Bist du sicher, dass es Sanders war?", fragte Mark Kallwasch.

„Dass er was war?"

„Hat er Bergmann und Behrens umgebracht?"

„Behrens ja. Bergmann könnte noch leben."

„Du meinst, er hält ihn irgendwo gefangen?"

„Wir können es nicht ausschließen." Dominik Brentano atmete aus. „Wo könnte Elias Sanders Bergmann hingebracht haben?"

Zwei Stunden später ahnten sie es. Es war ein kleines, einstöckiges Haus in der Nähe des Griebnitzsees vor Berlin, das Elias Sanders' Familie gehörte. Ein Lattenzaun, von dem die Farbe blätterte, verlief um den Gartenstreifen, der das quadratische Haus umschloss. Das rote Ziegeldach schimmerte im Licht der Sonne. Das Gebäude selbst wirkte von außen gepflegt, nur die Beete und die knorrigen Apfelbäume schienen vernachlässigt: Der Rasen war überwuchert von Unkraut und verholzten Gräsern des letzten Sommers.

Als man die Haustür aufbrach, fand man die vier Zimmer leer und unmöbliert. Allein in der Küche stapelten sich mehrere Kisten Plastikflaschen. Daneben vier Packungen Müsli. Die Stahltür zum Keller war abgeschlossen und mehrfach gesichert. Es dauerte eine längere Zeit, bis Spezialisten sie aufgefräst hatten. Unten gab es eine zweite Tür, auf die ein dritte folgte. Neben dem kleinen Gitterfenster war ein Wecker angebracht. Auf einem kleinen Holzregal stand eine Musikanlage, die programmiert war, sich täglich um 17.33 Uhr einzuschalten. Als man die letzte Tür aufbrach, war der Gestank bestialisch. Auf dem Boden lag ein regloser Körper. Die Lippen eiterbedeckt, das Gesicht verkrustet, die Kleidung verschmutzt von einer dunklen, eingetrockneten Lache. Trotzdem war ein schwacher und weit entfernter Puls zu fühlen. Nach dreiundzwanzig Tagen wurde Thomas Bergmann aus seiner Gefangenschaft befreit und verstarb noch auf dem Weg ins Krankenhaus an den auszehrungsbedingten Folgen einer Infektion.

In diesem Moment wachte Elias Sanders aus dem Koma auf.

38

Hauptkommissar Dominik Brentano zögerte. In seiner Hand spürte er das weiche Metall der Klinke. Dann drückte er sie langsam nach unten und betrat das Krankenzimmer. Das Erste, was er in dem schummrigen Licht sah, war ein Monitor, auf dem Linien in einem gleichmäßigen Rhythmus aufstiegen und in sich zusammenfielen. In derselben Ebenmäßigkeit ein leises Piepsen. Um das Bett standen mehrere Infusionsständer, von denen Schläuche herabhingen. Einige von ihnen endeten mit Kanülen in Elias Sanders' Arm. Sein Gesicht war eingefallen und dünn wie sein ganzer Körper, der sich unter den Laken kaum abzeichnete. Wie Leichentücher.

„Herr Sanders ... Sind Sie wach?"

Elias Sanders öffnete langsam seine Augen und blickte ihn aus dunklen Schatten an.

„Sie wissen, warum ich hier bin?", fragte Hauptkommissar Dominik Brentano.

„Mhm."

„Wir haben gestern Thomas Bergmann in ihrem Haus gefunden. Er ist inzwischen verstorben."

„Ah", kam es von Elias Sanders, der erschöpft hustete.

„Janosch Riemann hat Ihnen von Bergmann und Behrens erzählt, nicht wahr?"

Elias Sanders nickte langsam. „Ich habe von Anfang geahnt, dass mit Janosch irgendetwas war. Man spürt das, wenn man zusammenlebt, wissen Sie? Aber dann wurde Bergmann bekannt. Sein Name war überall. Mit Janosch wurde es immer schlimmer. Vor fünf Jahren hat mir Janosch gesagt, wer ihn vergewaltigt hat."

„Warum haben Sie keine Anzeige erstattet?"

Ein ersticktes Geräusch, das entfernt nach Lachen klang.

„Es ist verjährt. Das wissen Sie doch. Und Janosch richtet die Gewalt gegen sich. Gegen sich, statt gegen ...", brach Elias Sanders ab.

„So wie Sie?", fragte Hauptkommissar Dominik Brentano.

„Was wollen Sie?“
„Ich möchte verstehen.“
„Was verstehen?“
„In Ihrer Wohnung habe ich buddhistische Literatur gesehen. Sind Sie gläubig?“
„Ich dachte einmal, ich wäre es. Jetzt weiß ich es nicht mehr.“
„Herr Sanders, Sie haben Oliver Behrens getötet. Stimmt das?“
„Ja.“
„Sie haben Thomas Bergmann entführt und gefangen genommen. Er sollte noch qualvoller sterben, nicht wahr?“, fragte Hauptkommissar Dominik Brentano.
„Ja.“
„Warum aber das Manuskript, Herr Sanders? Sie hätten beide einfach töten können.“
Elias Sanders antwortete nicht.
„Das Manuskript war Ihr klügster Schachzug. Sie wollten damit so viele Widersprüche legen, dass man nie hätte ausschließen können, dass es nicht doch von Bergmann selbst stammte. Hätten wir Bergmann bei Ihnen nicht gefunden, gäbe es keinen einzigen stichhaltigen Beweis. Nichts als Indizien. Nichts als Indizien, die auch gegen Bergmann selbst sprechen könnten. Haben Sie es geschrieben, um von sich den Verdacht auf Bergmann zu lenken?“
Elias Sanders sagte nichts.
„Ihre Krebserkrankung wäre vielleicht heilbar gewesen. Aber Sie wollten sterben. Sie haben die Therapie abgebrochen. Ich glaube, Sie haben das Manuskript aus einem anderen Grund geschrieben. Alle Spuren sollten sich auflösen in nichts. Nicht für die Polizei, sondern nur für Janosch Riemann. Nur wegen Ihres Freundes haben Sie das Buch geschrieben. Damit er sich nicht schuldig fühlen musste, dass Sie seinetwegen getötet haben.“
Elias Sanders schwieg.
„Steht die Zeit still für Sie, Herr Sanders? Ist nichts mehr von Bedeutung?“
„Darauf kommt es nicht mehr an“, antwortete Elias Sanders.
Dominik Brentano setzte sich an das Bett und sagte lange nichts.

„Ich soll Ihnen von Frau Clement ausrichten, dass es Ihrer Katze gutgeht“, sprach Dominik Brentano leise in die Stille.

Zum ersten Mal zeigte Elias Sanders' Gesicht eine Regung. Seine Augen füllten sich mit Tränen.

„Das macht mich sehr glücklich“, flüsterte er.

39

Wie Schneeflocken schwebten an diesem Juniabend im April Samen von Akazien durch die Luft. Hand in Hand gingen Dominik und Esther Brentano unter den Bäumen des weitläufigen Parks mitten in Berlin-Kreuzberg spazieren. Er fühlte sich so befreit und unbeschwert wie lange nicht mehr. Das war das Glück, dachte er, während sie über so vieles sprachen, über ihren Urlaub, ihre Freunde, ihre Zukunft. Vielleicht mit einem Kind. Vielleicht auch mit einer Katze.

„Ich bin stolz auf uns", blickte sie ihn an.

„Stolz auf was?"

„Dass wir nach sechs Jahren noch immer zusammen sind."

Mit einem Stich in seiner Brust begriff er, was sie nicht gesagt hatte: Dass wir schon sechs Jahre zusammen sind.

Dominik Brentano versuchte sich an einem Lächeln.

„Ja", antwortete er seltsam leise und zog sich in den Gedanken zurück, dass in ihren Worten ein Ende bereits eingeschrieben stand.

Schade, dass der Krimi zu Ende ist?

Dann lesen Sie am besten gleich weiter:
Ein Auszug aus *Aus Rache*
von Jan Stressenreuter.

Das Haus Gleueler Straße 67 lag schräg gegenüber der Zentralbibliothek der Medizin, ganz in der Nähe der Uniklinik und deren Bettenhochhaus, das sich wie ein gigantischer Stahl- und Betonkoloss aus dem Meer der umliegenden, bescheidenen Mehrfamilienhäuser und Wohnsiedlungen abhob. Es war ein dreistöckiger Gründerzeitbau, der eine Sanierung dringend nötig gehabt hätte. Früher einmal war das Haus sicherlich ein Schmuckstück gewesen, doch der Stuck war längst abgeschlagen worden. Die ehemals strahlend gelbe Fassade hatte die Farbe undefinierbaren Schleims angenommen, der Putz um die Fenster und die Erker bröckelte, verschmierte Graffiti bedeckten die Mauern des Erdgeschosses. Vor dem Haus befand sich ein schmaler Streifen mit immergrünen, pflegeleichten Sträuchern. Das Einzige, was daran erinnerte, dass das Haus einmal bessere Zeiten gesehen hatte, war der über der Eingangstür eingemeißelte Spruch „Gott zum Gruße“. In einem Fenster im Parterre konnte Brinkhoff für einen Moment das Gesicht einer grauhaarigen, alten Frau erkennen, die ihn misstrauisch musterte, bevor sie die Gardine zuzog.

Vor dem Haus standen mehrere Einsatzfahrzeuge der Polizei und ein Wagen des ärztlichen Notdienstes. Zwei Kollegen von der Streife, die er flüchtig kannte, sicherten das Gebäude. Die Stimmung unter den Schaulustigen, die sich auf dem Bürgersteig versammelt hatten, war neugierig bis entspannt, als ob hier eine neue Folge der *Lindenstraße* gedreht würde. Brinkhoff schüttelte den Kopf. Noch hatte er sich nicht daran gewöhnen können, dass den Kölner an sich nichts so leicht aus der Ruhe brachte.

Einer der Beamten tippte sich an die Mütze und nickte dem Kommissar zu, während er ins Haus ging. „Erster Stock rechts!“, rief er ihm nach. „Und sie hat schlechte Laune!“ Brinkhoff rang sich ein gequältes Lächeln ab.

Als er die Wohnung betrat, waren zwei Mitarbeiter des Erkennungsdienstes schon damit beschäftigt, die Räume nach Fingerabdrücken zu untersuchen, mögliche DNA-Spuren zu sichern und Fotos vom Fundort der Leiche zu machen. Kriminalhauptkommissarin Maria Plasberg war im Schlafzimmer und unterhielt sich mit dem Arzt. Obwohl ihm die schmale

Mitvierzigerin den Rücken zukehrte, erkannte Brinkhoff sie sofort an ihren kurz geschnittenen, feuerroten Haaren, der kerzengeraden Körperhaltung und ihrer schneidenden Stimme, die jede Form von Annäherung und Intimität im Keim zu ersticken suchte. Das Einzige, was für sie sprach – und weshalb sie sich in der männerdominierten Welt der Polizei so weit hatte vorarbeiten können –, war die Tatsache, dass die von ihr geleiteten Ermittlungen die höchste Aufklärungsquote aller Mordkommissionen im Rheinland besaßen. Und eine solche Leistung heftete sich der Polizeipräsident von Köln nur zu gerne ans Revers.

Eine grüne Bluse und schwarze Jeans bildeten den Kontrast zum echten Rot von Plasbergs Haaren, flache Schuhe ließen sie noch kleiner erscheinen, als sie sowieso schon war. An ihrer rechten Schulter baumelte etwas, das wie eine riesige tote Ratte aussah. Wohl eine ihrer ausgefallenen Handtaschenkreationen, für die Plasberg neben ihrer schlechten Laune bekannt war. Angeblich besaß sie mehr als fünfzig verschiedene Modelle, eine grotesker als die andere.

Als sie Brinkhoffs Schritte im Raum hörte, unterbrach Maria Plasberg ihr Gespräch mit dem Arzt. „Sie sind zu spät, Kollege! In meiner MK wird Wert auf Pünktlichkeit gelegt", zischte sie, ohne sich umzudrehen.

Brinkhoff versuchte die beißende Ironie zu überhören, die Plasberg bei dem Wort „Kollege" benutzt hatte, und sah reflexartig auf seine Armbanduhr. Eine Stunde und zwei Minuten waren seit Beerbaums Anruf verstrichen. Plasberg musste die Zeit gestoppt haben.

„Tut mir l-leid", brachte Brinkhoff mühsam hervor. „S-Soll nicht wieder vorkommen."

Jetzt endlich drehte sich die Kommissarin um und musterte Brinkhoff mit einem säuerlichen Lächeln. Im Gegensatz zu anderen Leuten schien sie sich von seiner schieren körperlichen Statur nicht beeindrucken zu lassen. Der Kommissar hatte eher das Gefühl, dass Plasberg ihre unproportionalen Größenverhältnisse als persönlichen Affront betrachtete. Sie quittierte seine Entschuldigung mit hochgezogenen Augenbrauen und lenkte für den Augenblick ein.

„Hier, ziehen Sie sich die Dinger über", sagte sie mürrisch und warf ihm ein paar Einweghandschuhe zu. „Wollen Sie nicht wissen, worum es geht?"

„Doch, natürlich."

Plasberg trat zur Seite und gab den Blick auf den hinteren Teil des Schlafzimmers frei.

Mit dem Rücken zur Wand hockte in der linken Zimmerecke eine in sich zusammengesunkene, völlig ausgemergelte männliche Gestalt. Der Mann war nur bekleidet mit einer grauen Jogginghose, die ihm früher vielleicht einmal gepasst hatte, aber jetzt an seinen Beinen und an den Hüften schlotterte. Unter- und Oberarme waren so dünn, dass Brinkhoff und vielleicht sogar die zierliche Hauptkommissarin sie mit einer Hand hätten umfassen können. Das Gesicht war so abgemagert, dass die Kontur des Schädels hervortrat, das Kinn seit mehreren Tagen unrasiert, die Nase spitz, die Wangen eingefallen und die offenen Augen, die an die Decke starrten, lagen tief in ihren Höhlen. Früher einmal mochte das Opfer ein gut aussehender Mann gewesen sein, aber jetzt fühlte sich Torsten Brinkhoff unwillkürlich an Bilder aus Konzentrationslagern erinnert. Die Haare des Mannes waren strähnig und fettig, anscheinend hatte er es mit der Körperpflege in den letzten Tagen nicht so genau genommen. Der Oberkörper war nackt, die Haut faltig wie bei einem vergammelten Pfirsich, und Brinkhoff konnte jeden einzelnen Rippenbogen sehen. Brust, Bauch, Hose und Hände des Mannes waren blutverschmiert. Mit bloßem Auge konnte der Kommissar zwei Einstiche im Körper des Opfers erkennen, einer in der Nähe des Herzens, einer im Bauchbereich. Auffällig war, dass der Tote auf dem rechten Handrücken eine Braunüle trug, einen künstlichen Venenzugang, wie man ihn für Infusionen im Krankenhaus benutzte. Auch aus der Bauchdecke ragte ein Fremdkörper, etwas, das wie ein dünner Schlauch aussah, und neben dem Toten lag ein umgekippter Infusionsständer.

Der ganze hintere Teil des Schlafzimmers war mit Blutspuren übersät, genauso wie die hellgrünen, streifig gemusterten Bezüge auf dem in der anderen Ecke des Raumes stehenden Bett. An den beige getünchten Wänden, auf dem Teppichboden, auf dem Nachttischchen neben dem Bett und sogar an den weißen Regalen – überall klebte Blut.

„Puh!“, rutschte es Brinkhoff heraus. Er musste sich zusammenreißen, damit ihm nicht schlecht wurde. Allzu viele Leichen hatte er noch nicht gesehen und eine derart zugerichtete schon gar nicht.

„Darf ich vorstellen?“, sagte Maria Plasberg sarkastisch. „Axel Borowsky oder besser das, was von ihm noch übrig ist. Alter: vierzig Jahre, geboren in Erfurt. Viel mehr kann ich Ihnen auch noch nicht sagen. Bisher haben wir nur den Personalausweis gefunden.“

„Todesursache?“

Plasberg sah ihn spöttisch an. „Na ja, sieht jedenfalls nicht so aus, als ob er ertränkt worden wäre“, erwiderte sie lapidar.

„Zwei Einstichwunden, vielleicht ein großes Küchenmesser“, mischte sich der Arzt in die Unterhaltung ein und begrüßte Brinkhoff mit einem ironischen Nicken. Anscheinend hatte auch er schon Bekanntschaft mit Plasbergs Umgangsformen gemacht. Der Mann besaß eine Figur, die Brinkhoff unwillkürlich an den Köbes aus einem Brauhaus erinnerte: ein aufgeblähter Unterleib, auf dem ein ebenso wuchtiger Brustkorb und ein kleiner, spitz zulaufender Kopf saßen. Getragen wurde dieser unförmige Körper von zwei streichholzartigen Beinen, die aussahen, als würden sie jeden Moment unter der auf ihnen ruhenden Last zusammenknicken. Außerdem hatte der Arzt die ansteckende Angewohnheit, alle paar Sekunden nervös mit den Wimpern zu zucken. „Der eine Stich hat die rechte Herzkammer getroffen, aber der Stich in den Bauch hätte auch gereicht. Das Opfer wäre dann nur langsam verblutet. Welcher Stich ihm letztendlich den Garaus gemacht hat, kann ich nicht sagen. Da sollten Sie die Obduktion in der Rechtsmedizin abwarten. Nach dem Blutverlust zu urteilen, war der Stich in den Bauch wohl der erste, der Stich in den Brustbereich kam danach.“ Der Arzt zuckte mit den Achseln und grinste jovial.

„Das Messer haben wir bisher noch nicht gefunden“, ergänzte die Kommissarin. „Aber es scheint dem Opfer selbst gehört zu haben. Im Messerblock in der Küche fehlt eins. Haben die Kollegen von der Streife schon festgestellt.“

„Das heißt, der Täter hat diesem Borowsky womöglich noch zugesehen beim Todeskampf?“, fragte Brinkhoff angewidert.

„Das Opfer ist anscheinend nach der ersten Attacke aus dem Bett gekrochen, am Nachttisch und dem Bücherregal vorbeigerobbt, auf allen vieren an der Wand entlang bis in die Ecke da“, antwortete Plasberg unwirsch, zupfte aber nachdenklich ein paar Haare an ihrer fellbesetzten Handtasche glatt. „Vielleicht eine Art Fluchtreflex. Nicht, dass es ihm viel genutzt hat. In der Ecke hat er dann den nächsten Stich kassiert.“ Ihre ausgestreckte Hand verfolgte die Blutspur an den Möbeln, der Tapete und auf dem Teppich bis zu der Zimmerecke, in der Axel Borowsky kauerte wie eine Gummipuppe, aus der die Luft entwichen war. „Abgesehen von den Messerstichen weist das Opfer weitere Spuren von Gewalteinwirkung auf – sehen Sie mal da am Hinterkopf die Prellung.“

Der Notarzt schüttelte unentschlossen den Kopf. „Könnte die Folge eines heftigen Schlages oder aber auch eines Sturzes sein. Auf jeden Fall wird er eine schwere Gehirnerschütterung gehabt haben.“

„Also keine eindeutige Fremdeinwirkung?“

„Die Messerstiche sicherlich. Die Prellung am Hinterkopf ... kann ich nicht sagen. Das darf der Kollege von der Rechtsmedizin bei der Autopsie entscheiden. Aber was auch immer es war, ich könnte mir vorstellen, dass der Mann nach dem Schlag oder dem Sturz einige Zeit ohnmächtig gewesen ist. Der Aufprall war sehr heftig, dafür spricht die Größe der Beule.“

Plasberg studierte aufmerksam einen kleinen, dunklen Fleck an der Wand in der Nähe des Bettes, der sich ungefähr in Kopfhöhe befand, und wies die Mitarbeiter der Spurensicherung an, dort ebenfalls nach DNA-Spuren zu suchen.

„Schön“, sagte Brinkhoff und schluckte. „Okay. Aber was habe ich damit zu tun?“ Er sah die Hauptkommissarin fragend an. „Beerbaum hat gesagt, Sie hätten ausdrücklich nach meiner Unterstützung gefragt. Bisher kann ich nichts erkennen, was darauf schließen lässt, dass das Opfer schwul war ...“

„Zeigen Sie’s ihm, Doktor“, erwiderte Plasberg.